厄鄰

苓菁閒語2

苓菁——著

CONTENTS

真愛 005
堅不可摧的親情 033
誰的天賦 059
孝心 087
誓言 117
義氣 151
升職 183
奇蹟的代價 215
後記 251

真愛

「現在讓我們用最熱烈的掌聲，歡迎高紹順先生夫婦！」

秋高氣爽的假日，在某度假村的大型舞台下，人聲正沸騰，多少人引頸期待著的，是傳說中的世紀真愛夫妻登場。

「以愛為名」的活動在一處森林遊樂場中舉辦，剛剛結束了聯合婚禮的五十對新人們就坐在台下，用幸福的眼神期待著他們心目中的遠景與偶像。

在掌聲中，後台中的男人曲起手肘，拉起了身邊嬌妻的手。

「我們要出去了喔！」他溫柔地說著。

「嗯！」妻子微笑地點頭。

他走上階梯，丈夫輕聲數著一、二、三，一旁水靈的女孩兒為其揭開簾子，夫妻雙雙從後台走出。

掌聲依舊熱烈，不過歡呼聲有一度的停頓，聽覺敏銳的女人已經習慣這樣的中斷了，不管大家對他們有多熟悉，真正看見他們的樣貌時，總是會有幾秒的震驚。

「歡迎歡迎！」主持人相當熱情，「各位，高紹順先生與妻子，郭皓恬小姐！」

「喔喔喔……」新人們看著台上十指緊扣著的夫妻，不由得看向了彼此。

他們尚且沒有他們歷經這麼多磨難，要比他們更加珍惜幸福才是。

男人牽著美麗的妻子，小心翼翼地接近備好的椅子，妻子伸出手摸索著，確定椅子的方位後才自然地坐下；接著男人回身，曾經一百九十公分的身高如今因為佝僂也縮成了一百八十公分，凸起的背並不好看，但他並不在意。

在意是無用的，況且這駝背，還不如他的臉來得嚇人吧？

女孩站在後台簾幕後，從縫中偷看著前頭的一切，男人以幽默自嘲的話題開場，訴說著他與妻子經歷的所有。

「很令人感動吧？」

身後驀地傳來聲音，女孩錯愕回頭，長相俊秀的男人也從另一邊看著前台，語調裡帶著羨慕。

「嗯……嗯，對啊。」女孩點點頭，「真的很令人感動的愛情。」

「是啊，如果是一般人，能撐得住這種考驗嗎？」男人感嘆著說，「運動明星的丈夫出重大車禍還毀容，愛妻雙目失明……」

高氏夫妻，就是這樣一個激勵人心的例子。

三年前，事業如日中天的高紹順還是個籃球明星，有著俊朗帥氣的外貌與前途輝煌的運動員生涯，除了打球外更跨足演藝圈，風光之際娶了演藝圈的名模郭皓恬，當時郎才女貌，蔚為一段佳話。

有人說事情太完美，可能會引來上天的嫉妒。在某次參加他人婚宴返家時，他們被酒駕者撞上，司機當場死亡，夫妻倆僥倖存活下來，但一切都變了。

身為運動健將的高紹順神經受損，四肢均有粉碎性骨折，動了無數次手術也無法修復他的身體，加以背部脊椎凸出變形，他成為一個跛腳、左手殘障又駝背的人。

更慘的是，那張曾迷倒眾生的臉蛋也因車禍被毀容，玻璃割開了他的臉，頭皮與臉皮均撕開，車禍時他更是臉部磨地造成感染，再高明的整型醫術也無法讓他恢復。

禍不單行，他最終連雙眼都失明，成為一個不折不扣的廢人。

而坐在另一側的嬌妻，除了輕微骨折外卻沒有什麼大礙，動人美貌依舊，但是她崇拜的老公注定是廢了。

『那是個再樂觀的人，也無法承受的現實。』高紹順語重心長地拿著麥克風說道，『我看不見我的臉，但是我摸得到，那凹凸不平的疤痕……你們不必騙我，我知道這張臉有多可怕。』

那不是可怕足以形容的。

如果看過電影中的鬼娃恰吉，就知道那是個臉上有個縫合痕跡的娃娃，一張臉被分成好幾塊，縫線凹凸不平；現在的高先生較之於鬼娃恰吉有過之而無不及，當初不停地拿大腿皮膚去修補，成就了一塊補丁般的臉，皮膚顏色不均，比月球表面還不平整。

完全見不到過去曾有的俊美，高紹順現在就像一個破布娃娃，是小孩看到都會嚎啕大哭的可怕，大人見著也會恐懼的模樣。

「不會！你很帥！」台下有人喊著，現場隨即響起一片掌聲！

女孩捏著簾布一角，回眸看著與他一起往舞台窺視著的男人，當年的高紹順，一點都不遜色於這位男性呢。

「您是？」女孩問著，之前在後台沒見過這個男人，像是什麼大明星般的俊美她怎麼可能忽略？

「啊，我也是飯店工作人員。」男子出示了掛在胸前的識別證。

她略頷了首，再往前望去，高紹順毫不遮掩自己那駭人的臉龐，繼續說道：『當時的我，已經知道自己是廢人了，醫生甚至判斷我這輩子只能是個癱子，所以，』他轉向坐在一旁，那恬靜美麗的女人，『我對我深愛的妻子提出了離婚。』

郭皓恬手裡始終握著麥克風，拿起來衝著老公一笑，『但是我沒有答應。』

他們兩個沒有說話，高紹順伸長手去緊緊握住妻子的手，表情複雜且感動，從破碎的臉中，也能看見真情流露。

『沒道理拖累她一生，她才幾歲而已？』他搖著頭，『我很堅決，我知道自己這輩子就是個廢人，不能拖累還有大好時光的她。』

『但是他不知道，我有多愛他，不是愛他的外表、他的風光、他的金錢，我愛的是他這個人，』美麗的女人一臉幸福，『我崇拜這個男人，愛著的是他的靈魂，就算他殘廢、毀容，我還是愛著他。』

噢……這話肉麻得令人感動，台下一眾新人與賓客全都被這真摯情感所融化，果然是聞名的真愛夫妻啊！

『因此我開始嫌棄她、刻意辱罵她，我想把她逼離我身邊，但是……』高紹順用力握緊愛妻的手，『我沒想到，她居然捐出了她的眼角膜給我！』

之所以會令人震驚，不只是因為不離不棄，畢竟不離不棄的例子太多了！令人驚訝的是正值青春、聲勢高漲的美麗名模，居然毅然決然地捐出自己一雙眼角膜給失明毀容殘障的丈夫！

『因為我知道，只有這樣你才會站起來。』郭皓恬堅定地接口，『我看不見沒關係，但你不行！』

她知道的，意氣風發的高紹順遭到太大的打擊，就算讓他愧疚也好，看得見就會不一樣！她願意犧牲自己，換取他的雙眼，讓他看見她為他付出了什麼，希望他能重新站起來！

『她真的很瞭解我，不愧是我靈魂的另一半！』高紹順眼角泛淚，『我比她懦弱太多了！我無法面對現實，直到她給了我雙眼——我看見她為了我成為盲人，我就知道我不能辜負她！』

「真令人難以想像，有人會願意健康地捐出眼角膜給丈夫。」後台俊美的男人感嘆地說，「或許可以考慮捐一隻就好啊！」

女孩幽幽地望著台上的夫妻，「愛情真的這麼偉大嗎？」

俊美的男人輕輕笑著，「愛情的力量是難以想像的！」

是嗎？女孩歪了歪頭，真有這麼堅不可摧？

『我可以學習盲人的生活，但他不行，我知道這部分我比他堅韌！事實也證明了一切。』郭皓恬自信地昂起頭，『我現在可以自理生活，甚至不需要依賴他，即使他為了我——站起來了！』

台下歡聲雷動，是啊，高紹順重新看見世界後，發現是愛妻捐的眼角膜後既震驚又愧疚、更加不甘心，積極復健，不但重新站起來，甚至能夠自己行走，現在開車步行都沒問題，完全回歸正常生活。

而且他們出雙入對，片刻不離，跑遍所有的演講場，激勵著世人，更羨煞眾人。

演講在如雷貫耳的掌聲中結束，高氏夫妻走下後台，婉拒了粉絲的合影或簽名。

「筱月，妳去跟大家說高先生他們不合影也不簽名。」主持人趕緊交代。

「好！」女孩步出後台，走向擠在外頭等著拍照的人宣布。

後台的郭皓恬一口氣灌了半瓶水，嘆口氣。

「還好嗎？」高紹順溫柔地拍著她的背。

「還好，就是有點累。」搭上他擱在肩上的手，這樣輕撫，就能摸到他的婚戒。

「我想去洗手間。」

「我帶妳去。」高紹順立刻牽住她的手。

「我自己去沒問題，我剛才去過。」郭皓恬自信地婉拒，後台裡頭就有洗手間。

老婆都這麼說了，高紹順便不做多餘的事。主持人跟主辦單位在外頭繼續下一場節目，沙發邊堆了十本書，是之前答應主辦方要簽名的。

「筆……」他摸摸口袋，只有普通原子筆，照理說該備個簽名筆啊！

「這裡。」筱月及時遞出了筆。

高紹順愣了一下，他竟沒有注意女孩走了進來，用沒有嘴唇的臉朝她笑了一下，「謝謝。」

「老師坐這裡吧，比較好簽！」筱月指向旁邊的桌子，「我幫您把書抱過去。」

「不必，才十本而已，我坐著放膝上就好了。」他才要坐下來，但筱月很堅持地將書給抱起。

「老師的脊椎不好，就更要注意姿勢的。」她猛然抱起一疊書，瞬間因為過重而鬆了手，「啊！好重！」

書啪啦啪啦落了地，筱月更因重心不穩地踩到高紹順的腳，一陣天旋地轉後落在了他懷裡。

雙手攀著他的肩，高紹順略皺了眉，他的脊椎不能承受太重的力量，女孩這樣貿然跌倒的重力拉得他有些不適。

「唔……」他趕緊用雙手扶住筱月的腰，不能讓她繼續掛在他身上。

「……對不起對不起！」筱月慌亂地穩住，「我不是故意的，老師您有沒有怎麼樣？」

高紹順搖了搖頭，「沒事，倒是妳……還好嗎？」

「我沒事！」筱月紅了雙頰，小手這才緩緩離開了他的肩頭。

氣氛陷入尷尬，筱月趕緊以工作掩蓋一切，將書搬到桌子邊，高紹順也不再阻止；筱月本想為他翻書，卻被他以盛裝保溫瓶的開水為由支開，她也明白他的用意，拿著水瓶往外走去時，郭皓恬剛好從洗手間返回。

此時接應人進入寒暄，與高紹順溝通晚上的餐會，以及為他們安排的獨棟浪漫小木屋，夫妻倆連聲說謝，高紹順挽著愛妻離開。

一開門，見到筱月時他頷首微笑，她禮貌地遞上保溫瓶，接著便由她領著他們前往小木屋。

「我們坐遊園車過去吧，您的行李已經先行送過去了。」筱月輕快地介紹，「我們為老師安排的獨棟小木屋非常漂亮，而且相隔一段距離才有別棟，是非常僻靜的場所。」

「那真是太好了。」郭皓恬笑著，雖曾在鎂光燈下，但她現在不喜歡被過度地注視，「妳的聲音真好聽，叫什麼名字？」

「我叫筱月。」女孩開心地回應，煞車。

車子停在了一幢獨棟小木屋前，看起來像是能住十人的大型木屋，高紹順有點詫異主辦單位安排了這麼好的住所。

「我們自己來就好了。」高紹順主動朝筱月伸手，索取她手上的鑰匙。

「啊……」她有點遲疑，望著從馬路延伸出去的石板塊路。

「我看得見。」高紹順失聲而笑，「妳別擔心太多了，有我在。」

啊……筱月尷尬地紅了臉，將鑰匙放在他的手上，禮貌地鞠躬，「那老師跟師母請先休息，晚上我再來接您們去餐會。」

「辛苦了。」高紹順頷首，目送著筱月驅車離去，才挽著愛妻的手進入小木屋。

一進屋，高紹順便熟練地為嬌妻掛起衣服，包括晚上餐會的禮服，接著才脫掉身上的西裝，鬆開衣領略鬆了口氣。

「可愛嗎？」坐在床沿的郭皓恬突然開口問了。

「嗯？」高紹順挽起袖子，隨口應著。

「那個筱月啊，長得可愛嗎？」她幽幽地轉向丈夫。

高紹順一愣，旋即笑了起來，「妳在說什麼！在吃那個女孩的醋嗎？親愛的，沒有人會喜歡我的！」

「是嗎？」她聳了聳肩，「我就喜歡你啊！」

唉，高紹順無奈地笑了起來，親暱地摟過她，「妳在胡思亂想什麼，妳我的感情是不一樣的，妳是真正認識我的人……現在的我，光是這張臉就足以嚇跑鬼了，遑論人咧！」

是嗎？郭皓恬淺淺笑著，偎上丈夫的肩頭，「晚上的餐會我不想去，累。」

「好，我去就好。」他吻上她的髮，「我保證不多喝，說好的十點前就回來。」

這是他立的誓，不離不棄，就算去應酬也十點前必回家。

郭皓恬點了點頭，高紹順再吻上她的額頭後，便趕緊去將行李箱裡的物品取出。

女人靜靜地坐在床沿，她失去了雙眼，其他感官卻變得更加敏銳。

例如，為什麼丈夫的身上，會有筱月的香水味？

＊＊＊

十點。

郭皓恬驀地闔上點字書，豎耳傾聽屋外的動靜，有車子過來了，是丈夫回來了！

她一整晚都無法靜心，不知道是否因為香水的緣故……她也是女人，知道單單站在身邊是不可能染上氣味的，那樣子除非是……擁抱，才會將香氣留在衣服上。

筱月那女孩的聲音聽起來悅耳動聽，她問丈夫可愛嗎時，他並沒有正面回答她，就表示那女孩長得一定不差，只是為了不讓她擔心，他才避重就輕。

有她美嗎？郭皓恬輕撫著自己的臉龐，失明後她再也看不見自己美麗的臉，但她依舊認真保養，難道在她不知道的情況下，年華已逝去？

快十點前她就傳訊給丈夫，聲音在她身邊響起，高紹順竟然忘記把手機帶走，擱在了枕邊。

車聲在屋前停下了，她沒聽見熄火聲，卻聽見腳步聲往這兒來，在對方敲門前，她率先拉開門——「歡迎回……」

香水味。

郭皓恬一愣，她與屋外的筱月對望。

「哇！」筱月被嚇了一跳，她都還沒敲門耶，「……您、您好！」

郭皓恬杵在門口幾秒，沒聽見丈夫的腳步聲，他也沒進門，她不由得蹙起了眉。「紹順呢？」

「啊，我就是來跟您告知這件事的，老師臨時有個餐會後的小討論會，有人想向老師討教一些事情，老師請我過來跟您說會晚點回來。」筱月一邊說，一邊將手裡的東西遞上前，「另外這裡是您打電話要求的薰香燈……」

「已經十點了，能夠幫我請他早點回家嗎？」伸手摸索，筱月趕緊把東西塞進她手中。

不必湊鼻，她就聞到了是她想要的檀香味，點頭不悅地道了謝，還是希望丈夫快點回來。

他不在，她會不安的。

「好的，我會趕緊轉告。」筱月看了眼手裡還沒遞出的擴香瓶，「要不要我幫您弄比較好，畢竟這是小木屋……」

易燃，這是她的言下之意。

郭皓恬嘆口氣，讓筱月進了屋，她要求的是精油燈，雖然是安全裝置，但是一個盲人要精準地控制油量也的確不安全，既然有人服務，她也不好推卻。

筱月熟練地將精油倒入，打開開關，香氣陣陣飄出。

「我還另外準備了擴香瓶，我就放在您的床頭好嗎？」筱月貼心地將擴香瓶擱到床頭櫃上。

「謝謝。」

「手機擺旁邊有點危險，給您好了。」筱月再順手拿起床頭櫃上的手機，這一碰，螢幕亮了，「哇！」

她嚇了一跳，趕緊把手機遞給郭皓恬，女人接過時莞爾，「怎麼了嗎？」

「抱歉，螢幕突然亮了起來，我嚇一跳。」筱月靦腆地笑著，「那個女生好漂亮喔！」

那個女生？郭皓恬略微一愣。這種說法未免太奇怪了！這是丈夫的手機，桌面自然該是他們的合照，筱月認不出照片裡的女人是她嗎？她難道變得跟過去不一樣了！

「是啊……這個女的……妳覺得跟我比起來呢？」郭皓恬刻意用另一種說法。

「嗯……」筱月很認真地湊近，端詳了幾秒，「我覺得您比較美，這個女生也很漂亮，但她的臉太圓了，短髮又少點女人味！」

郭皓恬下意識捏緊了手機，「謝謝……」這兩個字，絕對是言不由衷。她從沒剪過頭髮！

「不會，那我這就離開了，請您好好休息。」筱月連忙退出，「啊我會請老師儘快回來的！」

郭皓恬站在房裡，聽著筱月的腳步聲離去，應該是上了那台遊園車，但是她卻沒聽見發動的聲音，反而是筱月壓低聲音的說話聲，像是在講手機。

「……對，就是那個高紹順。」這聲音傳來還是掩著嘴說的，卻難掩笑意，「唉唷，羨慕我喔！」

郭皓恬輕手輕腳走到門邊，貼著門板，調動所有感官傾聽著。

「煩死了，我跟你說，他本人真的超、帥、的！」

超帥的？她瞭解自己的丈夫，並不覺得「帥」這個形容詞，足以形容現在的丈夫。

「好了，我趕時間，晚點聊啦。」筱月匆匆地切斷電話，引擎聲轉動，車子遠離了小木屋。

女人依舊貼著門，寒若冰霜的臉更顯冷豔，將手裡的手機掐得死緊。

是誰？

＊＊＊

「筱月！我得回去了！」

寂靜的夜裡突然出現呼喚聲，讓度假村前台的人員愣了幾秒。

他直勾勾地盯著前方，看著一個男人踉蹌地從門口走過，然後絆到自個兒的腳後跌下。

「筱月！」男人拖長了聲音喊著，前台總算察覺到不對了！

他急忙地敲了敲身後的門，表示有狀況發生，緊接著趕緊跑出門外，在冰冷的石板子地上，發現了半跪躺在地上的男人！

「高老師！」他都傻住了，上前想要攙起高紹順，立即迎來一股濃烈的酒氣！

「高老師……您醒醒！」

其他同事也急忙趕來，大家合力地將爛醉如泥的高紹順扛起，先移進大廳，緊接著再通知經理。

「極光好！」癱在椅子上的高紹順突然喊了一聲，嚇得員工們錯愣不已。

喊完後他又癱下去了，男孩們得抵住他的身體，不然他會直接往下滑的！

「怎麼喝得那麼醉？他是從哪裡跑出來的？」

「就這樣從右邊走過來……」前台一愣，「餐廳的方向耶！」

「餐會不是很早就結束了嗎？他跑去哪裡喝酒了？」眾人面面相覷又莫名其妙，不知道啊！

經理匆匆趕至，眼見神智不清的他也無計可施，只得把他送回去。

「那個秘書呢？」經理問著，「誰有她的聯絡方式？」

眾人又是一陣錯愣，誰會有啦！現在唯一知道的已經醉死了！

「好吧！」經理只得再扛起高紹順，「去把車子開來，載老師回去！」

他們是不清楚郭皓恬那樣的盲人該怎麼照顧高老師，但也只能走一步算一步了！吃力地把高紹順抬上車時，經理還是很細心地將他的手腳搬上去，喝醉的人果然跟具死屍似的，沉重不堪。

不過移動他的手時，他有幾分遲疑……為什麼老師的左手無名指上，是一圈白？戒指呢？

數十種可能的劇碼，在她腦海裡上演了幾百次。

＊＊＊

郭皓恬靜靜地坐在角落的白色沙發椅上，聽著眼前的一片混亂，丈夫醉酒的胡言亂語。度假村的人們七手八腳地將他抬上床，誰都能感受到這一屋子的寒冰之氣，老師真的喝得太醉了，而且時過午夜，不怪師母氣得臉色發青。

「辛苦了。」郭皓恬起身，依舊高傲婀娜地朝服務人員道謝，「給你們添麻煩了。」

「不會不會，應該的。」年輕男孩的聲音尷尬說著，「我們要不要弄點醒酒液過來？」

「沒關係，他睡一覺起來就沒事了。」郭皓恬自然地關切，「其他人還好嗎？」

「其他人？」男孩們話語裡明顯地錯愕。

「與他一起喝酒的人啊，大家都這麼醉的話，你們先去照顧別人吧？」

幾秒中的靜默，是男孩們正在面面相覷，「不，沒關係，因為不知道老師跟誰在一起耶……」郭皓恬努力地保持高雅的笑容，「我以為是有人跟他開會，問他問題後相談甚歡才喝開了呢！」

「呃，是、是嗎？我們不清楚耶！」男孩尷尬地搔了搔頭，「餐會八點半就結束了，大家也都陸續離開，那之後老師去了哪裡、跟誰喝酒我們都不清楚！是剛剛老師突然在外頭大聲說話，我們才發現呢！」

「對不起，我沒想到他會喝得那麼醉，竟然失態了！」

郭皓恬覺得她的世界在剛剛那瞬間崩毀了。

什麼叫做有事請教？八點半就結束的餐會，他去了哪裡？跟誰見了面！筱月是十點時來告訴她紹順會晚歸的！

她忍著不讓風雲變色，好聲好氣地送走幫忙將高紹順抬回來的小夥子們，她必須拚命深呼吸，才能壓下想尖叫的欲望。

仔細聽著送他回來的人們，她又察覺到不對勁——負責他們的甜美女孩呢？

「筱月沒有跟來嗎？」她沒有聞到香水味，也沒有聽見足音。

「筱月？」男孩們一愣，大家忍不住笑了起來，「喔，老師的秘書啊！」

超可愛的，每個男生都在討論她。

「秘書？」郭皓恬蹙眉，「她不是你們的工作人員嗎？負責我們的！」

「咦？不是喔！我們唯一的女性是主管，叫王姊。」男孩們飛快地搖頭，「可是她說她是老師的秘書啊！」

開玩笑，他們之間哪有那麼正的正妹啦！

老師的秘書？郭皓恬才不可思議，從來他們是沒有帶任何助手出門的！何來的秘書？

「筱月親口對你們說的？」郭皓恬不動聲色地反問。

「嗯，你們一來她就先自我介紹了……怎麼了嗎？」男孩們自然察覺不對勁。

「不，沒事……可能是我誤會了。」郭皓恬努力擠出笑容，「晚安，謝謝各位。」

「晚安。」

緩緩將門扣上的那瞬間，郭皓恬真的覺得她快沉沒了！

她用深呼吸壓抑情緒，轉身用顫抖的手一一摸索門鎖，一道道地上了鎖，再走到窗邊，將窗簾穩當地拉上，不讓外頭透進一絲光亮。揪著窗簾的她，覺得自己都要站不穩了，回首看向鼾聲依舊的丈夫。

你，跟誰在一起？

她什麼都看不見、什麼都不知道，黑暗的世界裡她只有他，完全的信任下，他卻騙了她！

跟什麼人在一起、跟誰見面，她像個傻子一樣渾然不知！

「高紹順，你是不是騙了我？」郭皓恬坐上床沿，俯身試圖撫摸丈夫的臉龐。

「嗯……」高紹順渾身發熱，不適地揮開了她的手。「熱！」

「筱月是你的秘書？秘書？」她不客氣地搥著他，「你……」香水味。

顫抖著收手，她趴上丈夫的胸膛，一路嗅聞往上，他身上的香水味比下午更濃烈了，衣服、肩頭、頸上，甚至連髮梢都有不屬於她的香氣！

「筱月是誰？」她忍不住哽咽起來。

「筱月……」像是應和她般，高紹順喉間也溢出了這個名字，「好聰明……」

「漂亮嗎？」

「漂亮……又年輕……」咂了咂嘴，高紹順想要側過身去，但被郭皓恬壓著不好翻。

淚水滑落了那再也看不見的眼眶，郭皓恬受不住緊握雙拳，她簡直不敢相信自己堅信的東西，一開始就不存在！

她顫抖著撫摸丈夫的臉，她明明可以感覺到凹凸不平的疤痕，但是否並非如她想像的、是他形容的那樣面目全非？

她的想像一直都是來自於他的形容啊，她也從來沒有問過別人：紹順是不是真的毀容得很嚴重？

她想起每一次演講時，出場時眾人的錯愕，是否根本是因為高紹順的臉沒有毀掉大家才會驚訝？而每當他提及自己的臉如惡魔般嚇人時，台下總是爆出如雷掌聲，有人會高喊：「老師，你很帥！」

她以為的玩笑話或場面話，結果其實是真的嗎？

他在數次的整型後沒有如同他形容得嚇人，還有張可以稱之為帥的臉孔？然後他再背著她，跟其他女人在一起，一個兩個三個，短髮的圓臉的，甚至還堂而皇之地以秘書的身分帶在身邊！

她為了他，可是犧牲了一雙眼睛、交付了一生的愛啊！

「高紹順，」她哽咽地伸手打著他的臉頰，「你給我醒醒，我要你一句交代！」

「唉……」高紹順喝得太醉，迷迷濛濛地無法好好回答她，手亂揮亂打，氣得郭皓恬握住他的手阻止他。

「你醒……」她握住丈夫的手，陡然一驚——戒指呢？

郭皓恬驚恐地摸著高紹順的每一根手指，左、右手，每一隻都仔細地摸索，他們的婚戒不見了！

他把婚戒取下了？

高紹順雙眼都沉重勉強地微睜，「皓恬？」

「我要你一句話，我算什麼？筱月又是誰？」瞪著他的臉孔，心如刀割，「我們的……戒指呢？」

高紹順瞅著她，驀地噗哧一聲笑，又闔上雙眼，這次整個人直接轉過了身，「筱月……聰明，懂好多……」

「你剛剛是跟她在一起嗎？還騙我什麼研討會？」

「討論……她什麼都懂，什麼都會……」

最可怕的是，筱月還冒充工作人員，假藉研討會的名義，堂而皇之地來到她面前為丈夫爭取晚歸！

「你為了她……喝到爛醉，把我一個人扔在這裡！」郭皓恬忍不住哭了起來，「你承諾過我，一輩子不分開，就算留我獨處也絕不在十點後回來的！」

「唉……」高紹順揮了揮手，看似帶著不耐煩。

「高紹順！」郭皓恬歇斯底里地尖叫起來，一拳一拳地落下，但是爛醉如泥的高紹順不會醒，也沒時間醒。

他正做著美夢，今晚聊得暢快，好久沒這種感覺了！

他愛妻子，但不得不說皓恬的犧牲在某種程度上對他而言是一股壓力，無一遺漏地照料深怕她受傷，言行舉止的留意是以防看不見的她多心！雖是壓力，但他甘之如飴，因為皓恬為他犧牲太多了！

只是高壓下的生活，他偶爾想要一點點的放鬆。

度假村的工作人員是個甜美的女孩，下午雖曾發生小小的尷尬，但爾後的專業還是讓他能以平常心面對；筱月在餐會中跟他提起會後想耽誤他一點時間，討論他的書，他是婉拒的，因為他與妻子有過承諾。

沒想到筱月如此貼心，她還特地幫他跟皓恬說明此事，表明可能會晚點回去，讓他更意外的是，皓恬竟大方地讓他們儘管聊，晚歸沒關係。

他們沒去其他地方，就在餐廳旁的小廳聊，筱月準備茶跟酒，一開始他謹守禮節喝茶聊天，但沒想到與筱月對談之後驚為天人，她的所見所聞早已超出了她的年紀，見識極廣，更勝於他！他們天南地北地聊，聊見識、聊觀念、聊旅遊，她甚至能讀出他書中深藏的含意，無論從哪個角度都是個令人激賞的女孩。

接著開始喝了點酒，他自己也不記得喝了多少，他只知道……筱月提起了極光，那美麗的極光，他想帶皓恬去看。

就算她看不見，他也想跟她一起欣賞醉人美景。

「對，極光……極光好！」高紹順又翻個身，「我們一起去！」

他翻過身，正巧面對了椅子上的郭皓恬，她滿臉淚痕，心如死灰。

她賭命愛上的男人，犧牲一切交付的男人，原來一直都在欺騙她、背叛她。

緩步走到床邊，郭皓恬拿起了那瓶擴香瓶，一枝一枝地將擴香棒抽起，搖晃瓶裡的精油……

「你不該對不起我的。」

她能給出去的，也能討回來——噗嘩！

無聲的一枚戒指順著倒出的精油落下、彈上了高紹順的胸口、落上了床，下一秒淹沒在精油裡。

無聲無息。

＊＊＊

刺眼的紅色燈光照亮了夜色，駭人的高分貝警笛聲劃破寧靜，橘色的火燄吞噬了寧靜的夜空，包裹住那浪漫獨棟的小木屋。

消防員努力地朝木屋裡灌水，以期許能早日進去救人！

「紹順！高紹順！」纖瘦的女人推開了醫護人員，踉蹌衝上前，「你們快點救他出來，求求你們啊！」

「郭小姐！請妳冷靜！」醫護人員趕緊拉住她，看不見的她沒兩步就跌坐在地，「大家都在努力搶救了，請妳冷靜！」

人員將毛毯重新披在她身上，半拉半拽地帶到了救護車邊，黑煙染黑了她雪白的絲質睡衣與姣好的臉龐，濃煙亦嗆傷了她的肺，她的手才剛經過緊急包紮，二度灼傷已起水泡。

記者們全數被擋在度假村之外，每個人都急得跟熱鍋上的螞蟻一樣，想知道那好不容易否極泰來的高紹順，怎麼又遭此橫禍？

「就是喝多了，而且他老婆也拖不動一個男人啊！」度假村人員焦心地交頭接耳，「送他回去的那幾個不是說他都醉到不省人事了？」

「她自己能跑出來已經很厲害了！」

「喝成這樣，才會看不見的跑出來了，看得見的還在裡面。」這話語裡帶著點責備。

「看這狀況應該……」不太妙了吧！主管看著整棟陷入火海的小木屋，熊熊大火烈焰下，連骨架都快瞧不見了，人怎麼可能活得下來？

如果高紹順還能在這場大火中活下來，那才可稱之為奇蹟了。

「郭小姐，我們必須先送您去醫院。」聲音悅耳的男子在耳邊輕聲開口，「您的傷必須快點救治。」

醫護人員瞥了眼，好傻的男人啊！

可郭皓恬搖了搖頭，淚如雨下，嗚咽著：「我要等我丈夫！紹順還在裡頭！」

她激動地哭泣，手裡緊握著的手機跟著亮了一下。

她什麼都沒來得及帶，奔出火場時，帶走的卻是丈夫的手機。

男人低首看了眼手機，與醫護人員對視，「我想高先生會很心疼，他會希望妳就醫的。」

郭皓恬依然不語，只是望著火的方向。

「妳看螢幕裡的照片，他不是正在幫妳貼ＯＫ繃嗎？這麼小的傷他都如此在乎，更別說您現在是燒傷啊！」醫護人員加強了說服力道。

……什麼？郭皓恬腦袋一片空白，緩緩地將頭轉向左手邊的醫護人員，「幫我貼ＯＫ繃？」她沙啞地問著。

「是啊，很自然的照片呢！」正前方的男子趕緊補充，「看起來……好像是食指割傷了嗎？」

是，那是他們還幸福健康的時候，一次出遊時她不小心被草割傷指頭，紹順心疼地衝回車上帶來醫藥箱，為她消毒為她上藥，朋友羨慕嘻笑地為她拍下了照片。

高紹順喜歡這張的自然，因此做成手機桌布時，也有跟她說。

但，筱月不是說，照片裡是個短髮圓潤的女人？晚上至今，沒有碰過手機，不可能有人替換過桌布。

除非……筱月騙了她！

郭皓恬開始發顫，醫護人員緊張地上前，「我的丈夫……他的臉很可怕嗎？」

「啊？」

「高紹順的臉真的毀容了嗎？如他所說的，像是拼起來的破布娃娃？」郭皓恬驀地伸出手，緊張地抓住了眼前的男子。

她要知道一個答案，實情！

男子喉頭緊窒，「呃，是的，非常破碎……」

「呵……呵呵……」郭皓恬鬆了手，突然笑出聲，「哈哈哈！哈哈哈哈哈……哈哈哈哈哈……」

那女人騙了她！

現場人員紛紛錯愕，沒有人明白為什麼郭皓恬會突然失控地狂笑……她上一秒還在為丈夫哭泣嘶吼不是？難道精神崩潰了嗎？

俊美的男子蹙著眉，幽幽回首望向西南的方向。

「哈哈哈……哈哈哈哈……哈哈哈哈……」

這麼遠，彷彿也能聽見笑聲。

那帶著自嘲、狂妄與懊悔至極的笑聲。

在西南方不遠處的岔路邊，女孩坐在遊園車上，望著遠處火光沖天，聳了聳肩。

「所謂真愛，也沒那麼堅不可摧嘛！」

嘴角輕蔑地一笑，驅車調動離去。

夜色中，只剩下淒絕的狂笑聲與火舌爆烈聲交錯著，哈哈哈哈……哈哈哈哈……

堅不可摧的親情

細雨霏霏，女人低著頭輕笑，臉上帶著少女的嬌羞，與對桌的男人相談甚歡，偶爾抬頭對上眼，眼裡都是情意。

斜角坐著一個清秀的女孩，桌上擺著熱騰騰的奶茶，托著腮看著角落隱藏的位子裡一片旖旎，兩廂都是有情人，看上去約莫四十餘歲。

擱在桌上的手相互輕撫，女人望著那溫暖的大掌，那個她曾經以為一輩子不會放開的手，淚水就這麼滑落。

「就這樣吧？」女人收回了手，抹去臉上的淚水。

「欣然？」男子錯愕。

「我們不該再見面的。」女人像是突然清醒一樣，開始收拾桌上的東西，拎起外套。「以後別再聯繫了！」

「不！」男人倏地握住女人欲離開的手，「妳還沒告訴我……」

女人一愣，蹙著眉回首，「什麼？」

「孩子……」

＊＊＊

看著搬家公司的卡車停在中庭，帶著弟弟走出大樓的黃詩郁好奇地多看了一眼。

「有新鄰居搬進來耶！」

「是嗎？」母親關上鐵門後張望，「喔，是F棟的啊！那不太可能遇得到。」

他們這是個社區，由八棟大樓組成，簡單的A到H之稱，每一棟有二十樓，是個人口密集的社區，社區中再區隔成三部分，所以有三個中庭、三個出入口，一般說來，只有自己這個中庭的鄰居們比較會打照面。

即使人口密集，但現今社會冷漠，已經沒有過去那種互相認識串門子的事了，最多就是同時出門、同車或同校的學生比較容易熟稔了。

母親帶著孩子斜穿出中庭要往外走，今天老公出差不在家，所以接送孩子的事便落在她身上，她的車沒停在社區內，只得提早出門先帶著孩子走出去。

黃詩郁好奇地不停張望搬家公司的方向，只見司機從F棟走出，身後是一個穿著……她們學校制服的女生！

「咦？」她驚訝地睜大眼，女孩竟也望了過來。

「東西都帶齊了嗎？要快點，上學要遲到了！」母親疾步往前，趕著時間。

「對不起……等等！」那女孩突然喊出聲，慌忙地跑上前，「請問妳是要去學校對吧？我第一天要上學，不太熟悉……」

好漂亮喔！黃詩郁看著跑來的女孩，長長的秀髮，漂亮的臉龐，脣紅齒白，是完全不必修圖就很美麗的人耶！

母親停下腳步，好奇地看了她，為什麼覺得有點眼熟？「新搬來的嗎？」

「是，我住F棟，最後一批東西剛搬過來。」女孩甜甜地笑著，「可以帶我一起去嗎？或是至少告訴我路怎麼走！」

「可以吧？媽！」黃詩郁立刻跟母親撒嬌，車上也有位子啊！

「好好！」母親雖有遲疑，但看一個高中女生也沒什麼需要擔心的，便點頭同意了。

她比較在意的是，希望這不是個得寸進尺的女孩，要她們天天順路送她上學。

匆匆坐上了車，小學生的弟弟爭著要坐前座被拒，只能悶悶地跟著姊姊們一塊坐在後頭。

「我們社區很久沒有新的人搬進來了，歡迎啊！」母親客套地打著招呼。

「謝謝！」女孩倒是溫和有禮，「我也是想快點熟悉環境，才想趕快去學校。」

「其實學校很近啦，如果搭捷運的話兩站，不然巷口就有公車經過！」黃詩郁看著搬家公司的車從社區駛離，「妳的爸爸媽媽呢？他們會送妳上學嗎？」

「呃……我是跟阿姨一起住，爸爸媽媽都在外地工作。」女孩略為尷尬，「不過有大眾運輸就沒問題的，而且學校很近嘛！」

跟阿姨？前頭的母親自後照鏡瞥了一眼，倒是奇怪。

黃詩郁差點就要衝口而出，說以後可以一起上學，但上車前媽媽就對她使了眼色，不該隨便答應，更何況平時開車送她上下學的都是爸爸，也要爸爸同意才是。

「這樣的話妳應該滿獨立的吧，只是父母不在身邊總會有點辛苦吧？」母親微微笑著，「不過剛好我家詩郁跟妳同校，至少有個伴。」

「嗯，好幸運喔！」女孩朝黃詩郁伸出手，「妳叫詩郁？妳好，我叫筱月。」

「筱月。」黃詩郁開心極了，手與她互握著。

先送小學生的弟弟去學校，爾後再到私立高中，下車前，筱月禮貌地再三道謝，母親也很滿意她的禮儀。

兩個女孩一塊進校門，看著她們進入後，母親才驅車離去。

「妳媽要去上班了喔？」筱月回頭看著車子離開。

「嗯，媽媽今天有客戶。」黃詩郁聳了聳肩，「我媽媽是保險業務員，忙的時候很忙，所以平常其實都是爸爸載我上下學的。」

「哇，真好！」筱月語帶羨慕地說。

「對啊，我爸爸人超好的喔！」黃詩郁提起父親，滿臉的光輝，「我再偷偷問爸爸，看能不能載妳一起上下學！」

「咦？不必啦！這樣不好！」筱月趕緊婉拒，「我自己走，捷運公車都很方便！」

「再方便也沒有一起坐車快啊！」黃詩郁說得理所當然，「我跟我爸拜託一下就好了，我爸最疼我了！」

筱月看著那閃耀的神情，不由得笑了起來，「是嗎？」

「當然啊，他總是說，我是他的小公主呢！」黃詩郁整張臉都在發光，以擁有疼愛她的父親自豪。

筱月淡淡地笑著，真令人羨慕的深厚親情。

「啊，我得先去報到，不知道會不會分到妳那班呢！」筱月停下腳步，張望著該往哪邊去。

「真期待！」黃詩郁指向右邊，「那邊，一樓是教務處！」

「謝謝！」筱月開心地揮手，旋過腳跟轉過身。

有沒有同班倒是無所謂，只是她心裡有了新的疑問想要驗證：親情是很微妙的東西，這份感情是來自於多年的相處與疼愛，還是純粹來自DNA呢？

＊＊＊

事情就是如此巧妙，同年的她們恰巧同班！所以黃詩郁幾乎不必撒嬌，父親一知道社區裡搬來的女孩與女兒同班，二話不說便答應了每日載送筱月一起上下學，慷慨大方得讓筱月感激不已。

由此兩個女孩的距離更近了，黃詩郁假日甚至邀請她到家裡吃飯做客，這也是源自於同情憐憫，畢竟筱月無父母陪在身邊，孤身一人，就算是跟著阿姨，也不如父母親。

而且也沒人見過她阿姨，工作似乎非常忙碌。

這天吃飽飯，黃詩郁自然與筱月到房間裡閨蜜閒聊，順便展現了她的寶貝物品，她雖然只是高中生，但衣服飾品或是喜歡的玩具公仔布滿整間，是個要什麼有什麼的小公主。

「這些東西都是妳爸爸買給妳的嗎？」筱月很是好奇，因為裡頭不乏許多精美的洋裝！

「是啊，我想要什麼就會跟我爸說！」黃詩郁吐了吐舌，「也可以說我爸有點溺愛我吧？」

「何止溺愛，我就怕他寵壞妳！」母親的聲音從外面傳來，房門本未掩，她端著水果進來。「妳也別太任性了，要太多東西了！」

黃詩郁既害羞又驕傲地笑了起來，滿滿地洋溢著幸福。

「話不能這麼說吧，女兒是父親前世的情人，不寵她要寵誰？」父親來到門口，趕緊自清，「這是我寶貝的公主，我自然得捧在手掌心上好好疼著。」

母親有點尷尬，朝老公使了眼色，他是忘記筱月隻身在外嗎？

「我相信筱月的爸爸也是這樣，不得已才會放妳一個人的，否則平時對妳一定也很好！」母親趕緊安慰，「不像孩子他爸對弟弟喔，那可是十萬八千里。」

「喂喂，我可沒有！」父親急著想自清，隔壁房的弟弟一聽見聲音立馬衝出房門。

「對！」弟弟果然立即發出不平之鳴，「爸爸超偏心！對姊姊最好了！」

「欸欸！」父親嘖了一聲，簡直秒變臉，「你還敢說，你作業寫好了沒？」

口吻與態度截然不同，惹得筱月禁不住笑了起來，黃詩郁也害羞得意起來，一家人和樂融融。

「那筱月慢慢玩，我有工作先出門了。」媽媽早是一襲正裝，「孩子的爸，家裡交給你啦！」

「別擔心！」父親拍拍胸脯。

「我就是擔心，別慣著孩子！」母親是滿臉的不安心。

黃詩郁也到門口去送母親出門，筱月轉身，視線落在她書桌的梳子上。

外頭嬉鬧聲才結束，母親前腳剛出門，筱月後腳就說要走了，這讓黃詩郁一陣錯愕，「這麼快？」

「有作業要寫啊，而且也不好在你們家叨擾這麼久。」筱月轉過身，向著父親行禮，「謝謝您，打擾了！」

「唉唉，別這麼客氣，妳也可以拿作業過來寫啊，難得詩郁有個伴！」父親大方極了，「這個社區同校的不多，妳們能同班很是難得，妳孤身在外也別跟我們客氣。」

「謝謝！」筱月頷首，還是朝外頭走去，「再聊囉！」

黃詩郁一臉失落地點點頭，「嗯。」

直到筱月搭乘的電梯門關上，黃詩郁才依依不捨地關上家門，大掌由後搓搓她的頭，父親知道她的失落。

「妳不要太熱情了，筱月是文靜型的女生，一下子吃不消！」父親溫柔地說著，「而且她也的確有作業要做，不能老在這兒混時間玩。」

「可以一起寫的啊，我們可以互相教，再不然……」黃詩郁撒嬌般地抬起頭，「爸爸可以教我們！」

「人家筱月是有禮貌的孩子，所以不會在別人家打擾太久的！」父親坐回沙發，拿起遙控器轉著，「不過呢，只跟阿姨生活是有點可憐，說不定她也會很想念父母，看著我們這麼親密，心裡會難過也說不定！」

噢噢，黃詩郁完全沒想到這點，跳進沙發裡抱住父親，「她會嫉妒我嗎？」

「說什麼！不是嫉妒，是羨慕！誰都會希望有幸福的家庭，希望爸媽在身邊疼啊！」父親低首捏了她的鼻頭，「妳以後少在她面前說家裡怎樣怎樣，別讓她心酸，她家人一定是情非得已，才會放下她一個人的。」

「不得已啊……」黃詩郁其實不明白，仰頭看著父親，「那爸爸，什麼樣的情況你會放下我啊？」

父親好氣又好笑地望著她，用力地抱了抱，「爸爸怎麼樣都不會放下妳的！」

弟弟不平地衝了出來，「喂！我呢？」

只見父親朗聲大笑，朝著弟弟伸出手，男孩蹦蹦跳跳地也跳上沙發，用力抱緊了父親！

「也不會放下唯冠的！我怎麼捨得呢？」

＊＊＊

黃詩郁兩天後生日，在班上大肆發放甜點慶祝，放學後還要去ＫＴＶ慶祝會，同學都沾光般地開心，因為黃詩郁送的糖果可不是普通東西，是一人一個巧克力玫瑰塔耶，以慶生糖而言，絕對是大手筆！

當然，筱月也有，她那天早上一坐上車就有了。

「她爸真的超疼她的，完全當公主寵！」

「別人家的爸爸總是不會讓人失望！哪像我爸啊！」

「對啊，雖然都說是前世情人，但黃詩郁她爸對她真的是沒話說，她也都以爸爸為榮。」一路過的學生們感嘆著，「父女關係真的超好！」

站在走廊上的筱月回眸，這語氣裡是各種羨慕，有著這般深刻的親情，無怪乎羨煞旁人了。

「筱月！」黃詩郁從教室裡拎著書包奔出，「妳真的不能去嗎？我生日耶！」

「抱歉，我阿姨生病，我得去醫院照顧她啊！」筱月為難地說，「妳好好玩啊，生日快樂……抱歉，我沒準備禮物。」

「不必啦！妳又不知道我生日！」黃詩郁親暱地勾著筱月一塊兒往外走，還不忘回頭吆喝，「大家別忘了，六點包廂見喔！」

六點，黃詩郁預訂了ＫＴＶ包廂，讓班上同學一起歡唱慶生，當然父母跟老師都會到，這種場合還是要有大人在場；即使是這樣的日子，她爸爸還是親自開車來，先送她去ＫＴＶ，再回家準備接妻子與弟弟前往。

所以，還是順道送筱月回家。

「叔叔，謝謝您還載我回來！真的很不好意思。」後座的筱月乖巧地說著。

「說什麼，我本來就要回去接我老婆啊！」父親只是覺得可惜，筱月不能參加生日會。「妳阿姨生病妳也辛苦，有需要記得跟我們說喔！」

「嗯……謝謝。」筱月望著駕駛座，「叔叔，您好愛孩子喔！」

「呃……哈哈！哈哈哈！」突然被這麼一稱讚，父親反而紅了臉，「哪個父母不愛孩子的呢？」

「那我很好奇，這種親情之愛，會變質嗎？」筱月突然提出了莫名其妙的問題，讓男人一愣。

「怎麼會？親情怎麼可能會變？親情是世上最難能可貴，又堅不可摧的東西，無論如何都不會變！」父親斬釘截鐵地說，「就像妳的父母，也不會變的！」

「是嗎？」筱月口吻裡卻充滿不確定，「是因為是自己的孩子？還是因為這些年的相處？」

哇，男人對這問題有幾分詫異，從後照鏡瞄著筱月精緻的臉龐，她小小年紀，倒是問了很成熟的問題。

「都是！因為是自己的孩子，瞭解那種血脈相連的感情，會打從心底愛她；但是也不乏領養孩子的人，只要真心付出，那就是愛。」男人說得溫和，眼裡充滿愛，「更別說拉拔他們長大的感情，看著他們從嬰兒長成，所有付出的心力、相伴的情感，這才是造就親情最堅不可摧的部分。」

「那，」筱月突然湊前，「如果她與你根本沒有血脈相連呢？」

咦？男人忽然一愣，前方適逢紅燈，他踩下了煞車。

「什麼？」

後座的女孩從書包裡拿出一個紙袋，自然地探身向前，放在了副駕駛座上，男人驚愕地回首望著她，動彈不得。

「明天起我能自己上下學了，我不能這樣一直打擾您。」她微微一笑，「我剛好要去買東西，就在這裡下車了。」

男人說不出話，他莫名地也動不了，眼神只能一直落在那只信封上，信封的外面，寫著「親子鑑定報告」。

聽著女孩鬆開安全帶，看著她下車，直至關上車門，他卻連一句再見都說不出口，兩眼發直地瞪著那只牛皮信封，直至後面喇叭聲響催促，他才驚醒。

他踩下油門往前進，但沒幾公尺就方向盤打右，找到路邊一處地方停下，再度看著那信封袋。

這是什麼？為什麼筱月會給他這個東西？

車子前方就有垃圾桶，他大可以扔進去了事，但是……這只信封等同於一枚震撼彈，且連結著筱月剛剛所問的一切，直接動搖了他的信任。

深呼吸一口氣，他相信妻子，相信筱月只是在開玩笑，所以他不必怕裡面的東西！

心一橫，男人拿起信封便打開，裡面落出了一張張的照片，還有一疊檢驗報告書。

＊＊＊

這是一場令人心神不寧的慶生會。

黃詩郁從頭到尾都心不在焉地看向門口，期待著家人的出現，但是同學都來了、老師也到了，她的家人就是沒有來！傳訊息打電話都沒有人接，她心慌地想直衝回家，當大蛋糕送進來，全班同學為她唱歌歡呼時，她連笑都擠不出來。

爸媽跟弟弟怎麼會沒有來！

甚至直到慶生會結束，也沒有人要來接她，她站在KTV門口，看著外頭滂沱大雨，才想到她從未在雨中等過！

「詩郁，妳爸爸還沒來嗎？」連老師都覺得奇怪了。「要不要老師送妳回去？」

「沒事，剛剛聯絡上了，我爸等等就來。」黃詩郁故作鎮靜，「老師妳先走。」

「不行……妳還好嗎？我想妳爸媽可能臨時有要事無法來，別太難過。」老師早看出她的失落，「不過有聯絡上就好，老師陪妳等。」

「不、不必啦！」黃詩郁急忙地拒絕，萬一爸爸沒有來怎麼辦？她趕緊推著老師，「老師妳先走，我沒關係的！」

「什麼沒關係，老師不可能放妳一個人在這裡啊！」老師也很堅持。

外頭的泊車小弟見狀，親切上前，「沒關係的，我們都在這裡，會確保她上車的。」

黃詩郁回首，看見極俊俏的男人，可惜她現在沒有害羞的心情。老師依舊不安，要陪著她直到她上車，反而讓黃詩郁更心慌。

「同學去裡面坐吧，車子來了我會叫妳。」男子向老師點頭，「裡面都有監視器，不必擔心，整個大廳也都是人，老師您先回去吧！」

「對，老師妳先走吧，我爸還要一會兒呢！」黃詩郁一點都不想讓老師知道——她被扔下了！

黃詩郁再三催促，老師確定了大廳裡的安全性，最後才勉強離去；坐在裡頭的女孩絞著雙手，拚命打電話，就是沒有人接……訊息甚至已讀不回！

為什麼？家裡出什麼事了？

「要幫妳叫車嗎？」男子親切地問。

黃詩郁倏然抬頭，咬著脣搖首，下一秒二話不說地衝了出去——叫什麼車？這裡離她家才十分鐘距離而已，她可以自己回家的！

「喂！喂！同學！」男子拉都拉不住，看著黃詩郁隱入了大雨之中。

為什麼扔下她？說好爸爸捧著大蛋糕跟禮物進來幫她慶生，為什麼家裡一個人都沒來？黃詩郁沒來由地怒火中燒，淚水融入冰冷的雨水裡，當她衝回家時，開門的卻是哭紅眼的母親……

渾身滴著水的黃詩郁踏進家裡，卻發現全家人都在……都在啊，爸爸坐在客廳裡，弟弟從房門探出一個頭，眼神裡卻帶著恐懼，媽媽則是紅腫著雙眼，還在低泣。

「這是怎樣！」黃詩郁一進門就受不了地咆哮，「今天是我生日，你們為什麼都沒來，我還以為出事了！」

「詩郁，先、先去換衣服。」母親心疼地看著渾身溼透的她，「沒帶傘嗎？」

「帶什麼傘啊，平常爸爸都會來接我的啊！」黃詩郁怒氣沖沖地跑到沙發邊，才發現茶几旁竟然有行李箱，「這什麼？誰要出去玩？你們把我一個人扔在那邊，卻準備出去玩？」

全家人都沒說話，連平時最愛她的父親也只是看著茶几，不發一語。

「姊姊……」只有後頭角落房門旁，傳來弟弟恐懼虛弱的聲音。

「唯冠，你進去。」母親趕緊走上前，要孩子進房間不許出來。

雖然在氣頭上，但黃詩郁還是感受到情況不對，她原地轉了一圈，看著母親閃爍的眼神，父親直瞪著茶几，似乎真出了什麼事？

「發生什麼事了嗎？」她語調瞬間放軟，到父親身邊蹲下，顫抖著拉住了父親的衣袖，「爸……」

唰——電光石火間，男人驀地甩開了女孩！

女孩被這麼一甩向後倒去，因及時扶住沙發與茶几，狼狽地卡在中間，滿臉的驚恐與不明所以！

爸爸……甩開她？

「老公！」媽媽緊張地趨前。

「妳不要叫我爸爸。」男人別開了眼神，緊握雙拳站了起來，「妳叫錯人了。」

什麼？黃詩郁驚愕地看著從茶几另一邊繞出去的父親，如此冰冷、這麼決絕，這是怎麼回事？

「為什麼？這是怎樣啦！」黃詩郁慌張地跳起來，衝上前去阻止父親提拎行李，「爸！為什麼要這樣說？」

「走開！」父親直接推開了她，「我才不是妳父親，我只是一個白痴！替別人養了十幾年的女兒！」

「你不要這樣！」母親哭喊著上前，「我們再去驗一次好不好！」

「驗什麼？」男人終於正眼看向了妻子，再轉頭瞪向黃詩郁，「下一個要驗唯冠嗎？說不定他也不是我兒子！」

妻子忍無可忍地一巴掌甩上男人的臉，「你怎麼可以這麼說！」

男人不躲不閃，只是冷冷笑著，「我剛說黃詩郁不是我女兒時，妳都沒這麼氣憤，妳果然早就知道她不是我的種！」

「不應該……不！她是你的孩子！」母親慌張地抱著頭，她不可能會搞錯，照理說詩郁該是他的孩子啊！

一旁的黃詩郁完全傻了，她又不是傻子，聽著父母的對話也聽出端倪，慌亂地張望四周，在餐桌上看見了散落被揉爛的文件，她即刻衝上前要拿取。

「詩郁，妳做什麼！不要看！」母親緊張地要上前阻止，同時間父親逕自走向大門就要離開。「文！你不要這樣！」

「我先說好，離婚後唯冠歸我。」父親回眸，冰冷又難受地看著黃詩郁，「畢竟只有他才是我的孩子。」

「文！」哭喊著的母親衝出去，試圖追回父親。

只有弟弟是爸爸的孩子？

黃詩郁看著桌上散亂的文件，那是ＤＮＡ的檢驗資料，親子關係鑑定……

她不是父親的孩子。

＊＊＊

男人搬出社區時，大家都在竊竊私語，但是沒有人知道確切發生了什麼事，只知道一向和樂的家庭突然走向離婚，而且前些天男人就帶著老么走了。

那個最疼女兒的黃先生啊，居然沒有帶寶貝女兒離開？所有人都覺得莫名其妙，儘管眾說紛紜，但詳情誰也不知道，說穿了別人家的家務事，誰能真正明白？

只知道那女孩深受打擊，每每在校炫耀父親疼愛的她，瞬間像被打落王座的公主，不僅失去了光彩，甚至猶如行屍走肉。

這一個星期來，黃詩郁覺得她的世界崩毀了。

她不是父親的親生女兒，他們的ＤＮＡ完全不符，信封裡還有好幾張媽媽跟陌生男人親暱握手的照片，他們在咖啡廳裡喝茶，媽媽笑得跟少女似地嬌羞。

媽媽說那是初戀情人，他們因為誤會與倔脾氣分手，爾後她與暗戀她已久的父親閃電結婚，直到最近因緣際會，又與那男人重逢。

她問媽媽，那她是那個男人的孩子嗎？媽媽說不應該是。

但是，她也不是爸爸的孩子？所以她是誰？她是誰啊！

搬家公司的車駛出社區，男人拎著自己最後一袋東西，連再見都沒說，就離開了家裡；從生日那天起，父親不再與黃詩郁說一個字，每每望著她的眼神，只有冰冷與敵視，彷彿在看什麼令他作嘔的東西。

將東西放進後車廂，來到地下室準備離開，只是才蓋上後車廂的蓋子，熟悉的少女身影陡然站在車頭。

他一驚，但力持鎮靜。

「爸爸……」黃詩郁紅著眼，哽咽地上前。

「不要亂叫，我配不上。」男人直接走到駕駛座，他急著想走，但黃詩郁更快，她衝上前一把壓住車門，不讓他開門。

「為什麼？我不是你的小公主嗎？」黃詩郁歇斯底里地哭喊著，「前世的情人，我是你最愛的女兒啊！」

「閉嘴！不要太噁心！妳是別人的孩子，我綠帽子戴了十幾年已經夠蠢了，我還幫別人養孩子！」父親也怒不可遏，「妳是別人前世的情人，跟我沒關係！走開！」

「為什麼……為什麼！你一直都很疼我的，從小到大都捨不得我受苦，寵著我捧著我，就因為……」黃詩郁聲淚俱下，「ＤＮＡ嗎？就因為我不是你親生的，這十幾年來的愛都是假的？」

父親喉頭緊窒，他痛苦地深呼吸。是！眼前是他從小寶貝到大的女兒，但知道她是別人孩子的瞬間，他就只有噁心！

想著深愛的妻子跟別人苟合、生下這個孩子，還裝成他的孩子讓他撫養、讓他疼愛？他每每想起除了氣到渾身發抖外，剩下的就是憎惡了！哪還有什麼愛！

「我要走了！妳……好自為之吧！」男人拉開車門，黃詩郁再度壓上，這次更欺近了他。

「爸！爸爸，你是我最愛的爸爸！」她最終哭喊著、抱住了他，「你說過，你這輩子都不會扔下我的，你是我最堅強的堡壘啊……」

天哪！男人全身上下發著顫，怒火中燒，他從未想過有這麼一天，連詩郁的擁抱都令他反感！

「滾開！」男人使勁將女兒朝旁甩開！「不要碰我，我會想吐！」

跌落在地的黃詩郁簡直不敢相信她聽見的，想吐？爸爸說她的擁抱令他想吐？

「我沒有錯！這不是我的錯，為什麼我要遭受這種事！」黃詩郁崩潰不已，「我只知道我有疼愛我的爸爸，我只知道你說過我是你的小公主……」

「住口！那是因為我以為妳是我女兒！但妳不是！」男人氣得渾身發抖，「對，不是妳的錯，那是我嗎？對我而言，我就是被別人騙了十幾年的親情，付出在一個不是我孩子的人身上，難道我不無辜嗎？」

他握緊的雙拳都快滲血了，使勁拉開車門。如果可以，他希望暫時不要再看見詩郁，因為她的存在，是一再地提醒他戴綠帽子的難堪！

「爸……爸爸！」黃詩郁站都站不起來，哭喊著希望父親能來拉她。拉起她、呵護她，以前的爸爸總是捨不得她受一點傷的。

發動車子的男人不忘再降下車窗，「以後不要再喊我爸爸了，妳的父親，不、是、我。」

黃詩郁涕泗縱橫地看著她最愛的父親，心如刀割，「這十幾年來的父愛都是假的嗎？你就這樣再也不愛我了？」

扣著方向盤的指節泛白，男人沒有說話，升上窗戶不願再多看女孩一眼。

儘管心底深處知道詩郁無辜，但是他更無辜，這十幾年的父愛，給了一個雜種。

車子繞出地下道，他看見了正去倒垃圾的熟悉背影，那個叫筱月的女孩……她曾經問她，所謂的親情，究竟是情感的羈絆，還是ＤＮＡ的聯繫？

男子痛苦地深呼吸，淚水也不爭氣地落下，這段日子他只覺得自己可悲愚蠢，現在他大可以告訴那女孩，他沒有自以為的明理與大方，ＤＮＡ的羈絆才是一切！

車子駛離，丟完垃圾的女孩幽幽回首，看著車子駛出社區。

「堅不可摧啊……哼。」冷冷一抹笑，她得到了答案。

同時，一台機車停到了大門口的警衛室旁，男子揭開了安全帽鏡片，「你好，請問這個女孩是住在這裡的嗎？」

男子從窗口遞上一張照片，警衛防備地打量男子，才看向照片。

「啊……是。」他有幾分遲疑，因為照片上是歡樂的一家四口，就是剛出事的黃家。

那是可愛的拍貼，黃先生在後方，大手摟著母子三人，每個人都笑得特別燦爛。

「我是KTV的員工，這是打掃時發現的，應該是她的卡匣。」男子再拿出車票卡匣，「我想親自還給那個女孩好嗎？」

「我拿給她就好了。」警衛懷疑起男子。

「我跟她見過的，那天她在KTV要等爸爸來載她，結果突然就跑出去，我有點擔心。」男子眉頭微蹙，「我會看點面相，我覺得她最近可能會發生一點事，我想提醒她……」

「喔，來不及了啦！」警衛隨口說說，「都走了！」

「什麼？」男子一愣。

只見警衛換上一副八卦臉龐，食指敲了敲桌上的照片，「黃先生剛走，他們要離婚了啦！」

男子默默地沉下眼神，將票匣遞給了警衛，託他轉交給黃詩郁。

「還是慢一步嗎？」喃喃自語著，他滑下眼罩。

眼前大門步出了女孩身影，那張精緻的臉龐他似乎在哪裡見過。

女孩踏著輕快的步伐，朝著巷口的公車站走去，察看手機ＡＰＰ後，確定了她要搭的公車五分鐘後會抵達。

「啊，這不是筱月嗎？」Ｈ棟的吳奶奶在巷口一瞧見她，就眉開眼笑。

「吳奶奶！」筱月立刻笑開了顏，甜膩地上前打招呼，「奶奶好啊，今天看起來更硬朗了呢！」

「唉，老了，不成囉！」吳奶奶拄著拐杖，但聽到這話還是喜孜孜的。

「奶奶在這兒幹嘛？等人呢！」筱月挑了挑眉，「我上星期啊，在公園那邊看到一個高高瘦瘦的……」

「唉唉，噓……」吳奶奶居然害羞地擺起手來，「朋友！朋友！」

「哦～好，朋友朋友！」筱月賊笑著，一切盡在不言中的模樣。

「對，只是朋友！別亂猜！」吳奶奶說著，雙頰還緋紅了，「妳要去哪呢？」

「噢！」筱月從口袋裡摸出了透明夾鏈袋，「我之前去做一個檢驗，結果樣本拿錯了，今天要去更正呢！」

嗄？樣本？吳奶奶扶著老花眼鏡，這夾鏈袋裡看起來什麼都沒有……「就幾根頭髮？」

「是啊。」筱月滿臉微笑，「就幾根頭髮喔！」

誰的天賦

莫名其妙地，有同學突然休學，一句話都沒交代，大家也問不出所以然，還直接退出班上群組。

「欸，筱月，」趁著下課來到美麗的女孩身邊，「妳知道黃詩郁怎麼了嗎？她什麼都沒說就退群了耶！」

提起黃詩郁這個名字，筱月就一臉哀愁，「我也不知道，她什麼都沒說就搬走了。」

「咦？她真的沒跟妳透露些什麼嗎？妳們不是住在同個社區嗎？」大家不由得好奇地問。

只見筱月搖搖頭，「我只聽說她爸媽吵架，但再多的我也不清楚！」

「好奇怪啊……」小亞托著腮，覺得太怪了。「什麼都沒交代，活像逃難似的！」

筱月搖搖頭，她是上個月才轉來的新生，恰巧與另一個同學住在同一社區，而且一開始同學爸爸還載著她一起上下學，大家自然以為她們該熟識。

「而且她才剛辦了盛大的生日派對耶！但那天她真的就怪怪的了！」班長聽著走過來，「她爸媽不是對她超好嗎？而且之前黃詩郁就說爸爸會帶蛋糕來，結果那天誰都沒出現耶！」

「對對，我們也注意到了，可是她臉色不太好看，誰都不敢問。」同學們原來都有注意到，「但筱月都不知道的話，我們應該也不知道吧？」

美麗的女孩略蹙著眉心，「我是真的不清楚，畢竟我也才搬來，還正在忙搬家後續跟轉籍的事……」

「對啊，妳才搬來……」文愛喃喃說著時，上課鐘聲響起，女孩們紛紛回到位子上坐定。

老師在鐘聲停止時走入，上課前先宣布了重要事項。

「又到了一年一度的繪畫比賽，照慣例我們班選出去後，再進行全校比賽，去年是……」導師說到一半，下意識看向了空著的位子。

去年代表班上出賽的同學，便是那位不告而別的天之驕女，不僅代表班級出賽，甚至還獲得了全校亞軍，是繪畫能力相當出色的人。

「老師，黃詩郁怎麼了？」文愛忍不住舉手發問。

「她家裡臨時有些事，至於什麼事她也沒說，這都是個人隱私，大家也別問了。」導師倒是乾脆，「我若有消息會再跟你們說。」

「噢……」台下學生們好奇地交換眼神。

「現在她休學了，我們班得再派出新的人參賽……」導師顯得有點猶豫，她手上捏著學生的美術成績表，許多人能力不分上下啊！

「老師，可以提名嗎？」男孩俏皮地舉起手，「我提名小亞！」

咦？小亞緊張地回頭看著吐舌的男孩，一臉尷尬……卻又難掩興奮！她的繪畫能力一點都不差，要不是因為黃詩郁做人太成功、背景好、人又長得漂亮，深受老師喜歡，才不會每次都選她。

「文愛也不錯啊！」另一邊有女孩也跟著提名。「她上次寫生時，老師說她畫得很棒耶！」

「這樣我也要提名阿仲，寫生最高分的不是他嗎？」

「可是阿仲是素描強吧？」

「那芳如的水彩畫都可以開畫展了吧？」

班上同學你一言我一語的，紛紛推舉著心目中覺得適合的人選，而同學們提出的名字，恰恰也是美術成績優異、未來想念美術系的學生們，因此比賽成績對他們相當重要。

導師陷入躊躇，這理應是美術老師要負責的，結果她剛好待產，代課老師也不甚熟悉同學能力，事情便又落在她這個導師身上。

「老師。」靠窗邊的女孩舉起了手。

導師望過去，那是上個月才轉來，卻已經因姣好外貌引起全校注意的筱月，她掛著淺淺笑容，頗有自信地高舉著手。

「筱月想提名誰嗎？」導師很好奇，因為這麼短時間內，她如何知道班上同學的繪畫才能？

「我想提名我自己呢！」筱月自信滿滿地昂起下巴，「我對我的繪畫能力很有自信喔！」

咦——同學們起鬨地欸了好大聲，大家倒是沒見過筱月的作品，因為這個月的作業是紙雕，還沒見她拿過畫筆呢！

「別驚訝，毛遂自薦沒什麼不好啊！反而要佩服筱月的勇氣！」導師趁機教學，還領著全班鼓掌起來。

筱月起身，優雅大方地朝全班同學行禮，小亞幾個女孩翻了個白眼，撇著嘴角喃喃低語著做作。

「老師，我還想提議一個好的競爭方式。」筱月接著開口，「在提名單出去前，我們直接進行班級比賽，每次主題不同，總分最高者代表班上出賽，這樣應該最公平？」

筱月的提議讓班上躁動起來，如果大家都覺得能競爭者眾，又各有所長，這的確不失為一個好方法啊！導師看了看提報時間，還有一週，抽幾節課讓大家畫畫也非難事，正式大作可以讓他們回家繪製再交件！

「這法子不錯耶！筱月真聰明！」幾個男生趕緊趁機讚美，他們絕對都是顏值派的，筱月說什麼都真香！「這些成績也可以當作學期中的功課吧？」

「對啦，她說什麼都很棒！」芳如冷笑著。

「這提議不錯，我等等跟美術老師商量看看，的確相當公平。」導師拍板定案，「好，我們先上課。」

小亞默默拿出紙條，在上頭寫上幾個字，再一個傳一個地遞過去給文愛。

『還毛遂自薦咧，臉皮真厚。』

打開紙條的文愛，登時噗哧一聲，隔著兩排同學與十一點鐘方向的小亞遙遙相對，也在上面寫了一句話，向後傳給了芳如。

坐在最後一排的芳如接到紙條，鼻息輕哼，逕自看著右前方的纖細背影，剛轉來的轉學生她不熟，她只知道一堆男生都迷戀她，下課還會有其他班的男生湊過來看熱鬧，筱月的確有張美麗的臉孔，但是也有繪畫才能也太扯。

因為筱月截至目前為止，體育課上各項目都出彩，功課也很優異，英文會話能力就像外國人般，簡直就快十項全能了！這種完美的女孩，看著就令人討厭！

她已經奪去元晴參加英文演講比賽的資格，現在又要來搶代表班上參加繪畫比賽的資格嗎？這可關係著未來推甄成績耶！

當天下午，導師敲定方案後公告在班級社群軟體，未來兩天將利用下午的自習課，一天素描、一天校園寫生，第三幅畫大家可在家或利用美術教室繪製最佳作品，一週後交件，由美術老師評分，三幅作品總分最高者勝出，代表班級參加全校的比賽。

而其他人也不必覺得浪費時間，這三項作品都會列入美術課的作業成績中。

消息一出，想要爭取的人便開始構思最關鍵的作品，究竟要什麼風格的作品，才能勝出呢？還有……每個躍躍欲試的人都忍不住偷瞄筱月，她的繪畫能力究竟優秀到什麼地步？

坐在第一排默不作聲的梅真滑著自己的手機，她也喜歡畫畫，但是功力差得遠了，不管是漫畫或是寫生類的都喜歡，但是喜歡不代表有那份天賦，連想要考美術系都是個難以跨越的門檻。

坐在後面的好友雨忻輕輕戳她的背，對她表示了加油，雨忻一向知道她的志願，如果能代表班上出賽，甚至參加校內的比賽，對她報考美術系就能跨前一大步了。

她努力擠出微笑，即使之前的強手休學，小亞、芳如跟文愛也都是好手，再加那個新來的轉學生，簡直十全十美，她拿什麼跟人家拚？

放學回家路上，梅真垂頭喪氣地下公車，雖然覺得可能性不大，但該交的圖她還是打算盡全力拚拚看。

「梅真。」冷不防地，在即將左轉的巷口，竟跳出了纖細美好的女孩。

梅真當場愣住，「筱……筱月？」

「有沒有嚇到妳？」筱月俏皮地笑了起來。

「……有，超嚇……」梅真錯愕不已，「不對啊，妳不是住在這裡……」根本反方向吧！

「我來找妳啊！」筱月一派輕鬆，「我今天剛追蹤妳的ＩＧ，發現妳畫得好可愛喔！」

「嗯……」梅真腦子還在轉著，她跟轉學生不熟啊，都沒說過幾句話耶！「興趣。」

「那妳其他的畫也很強嗎？妳跟芳如誰比較厲害？」筱月接連問著，「說不定也有機會代表班上去比賽了！」

「不不！不可能！我沒這麼厲害！」梅真連忙搖頭，「我功力差很多，芳如很強的，我應該連文愛她們都比不上。」

「是嗎？」高䠷的筱月在她身邊走著，「我聽說有個方法可以讓畫技突飛猛進耶！」

梅真抽了嘴角，「多練習？這大家都知道，但是這種事最終講的是天賦。」

「祈禱呢？」筱月突然停下腳步，「祈禱天賦降臨！」

梅真都懵了！她皺起眉頭，認真地看向筱月那張白淨的臉龐，這麼好看的人竟說出這麼荒唐的話。

「我要回家了。」梅真轉頭就想走，不明白筱月來幹嘛的！

「欸，等等嘛，我是認真的！」筱月突然拉住她，莫名其妙地就往她手裡塞東西，「把這精油抹在妳的慣用手上，認真地祈禱，天賦就會降臨！」

什麼？梅真看著手裡的一小瓶玻璃瓶，呆呆地抬頭看著筱月。

「這種天賦一次只有一個人能擁有，所以精油不能分給任何人擦，洗澡後、懷抱著虔誠的心抹上，要認真祈禱……妳必須真心祈求，祈禱才會生效。」筱月說得非常嚴肅，嚴肅到梅真不知道怎麼插話了。

「筱月……」

「妳如果不想要繪畫天賦，明天再帶到學校還我就好了！」筱月聳了聳肩，阻止她開口，轉身就跑，「明天見囉！掰！」

「筱月！」梅真丈二金剛摸不著頭腦，掌心還躺著那瓶莫名其妙的精油，看著筱月展現高速奔離。

什麼祈禱、什麼虔誠啊，這個轉學生腦子有問題嗎？

＊＊＊

隔天午後的第一場素描後，所有人都被擺在黑板上的作品震驚了。

看著上頭栩栩如生的作品，小亞頓時感到頭皮發麻，那種功力根本不是一般學生所擁有的，最令人無法接受的是，那幅畫不是來自於任何一位假想敵——而是來自一個一直以來都未曾在美術成績中脫穎而出的梅真。

「有沒有搞錯？我甚至不知道她會畫畫。」文愛忍不住也上前，「她之前畫得怎樣妳有印象嗎？」

小亞驚愕地看向她，腦袋一片空白，「沒有，完全沒有，老師也沒表揚過她吧？那個……去年校慶我們不是全班都要畫一幅去校慶接龍？我也完全沒印象她畫得多好！」

文愛回頭看著坐在第一排的女孩，乾癟瘦小、個性文靜的她正因為畫作受到矚目讚美而顯得無所適從，頭垂得老低，都快貼上木桌了。

「結果我們最在意的筱月，也不過爾爾。」芳如雙手抱胸走上講台，筱月畫得並不差，至少也是能列在黑板前的前十幅作品，但是論起技巧……不如她的自信那麼高。

「問題是，現在要擔心的不是筱月了。」小亞凝視著擺在第一的畫作，完全不明白梅真的功力何以一日千里？

「梅真，妳怎麼這麼厲害，之前都沒看過妳表現！」好友雨忻興奮不已，「之前都沒看妳畫得這麼好啊！」

「噓……」梅真尷尬地連忙要求她低調點，「就只是剛好畫到我喜歡的啦！」

「最好啦，妳之前是沒認真還是突然發生什麼事，繪畫技能突然點滿耶！」雨忻高聲嚷嚷著，深怕大家都不知道，「我看妳不但能代表班上出去，搞不好還能抱冠軍回來了！」

「沒有啦！不是……」梅真急得很，一臉彷彿做壞事的模樣，「妳不要再喊了！」

「有什麼關係！」雨忻甚至朝向筱月，「結果筱月畫得也還好嘛，我覺得輸妳一大截，還這麼有自信！」

「雨忻！」梅真忍不住低叱，「妳幹嘛這樣！」

音量大到擺明是故意讓筱月聽見的，不過筱月聞聲也只是抬頭，自在地輕笑，完全不以為意。

「其實筱月畫得不算差了，至少還前十啊！」競爭者之一的阿仲立即開口幫筱月說話，「我說雨忻，妳又不是積極參與者，在那邊挑撥什麼啊！」

「我哪有挑撥，我是實話實說，筱月之前推薦自己時，我還以為多厲害咧！」雨忻不依不饒，還撐大雙眼裝無辜。

梅真緊張地握著她的手，幾乎是瞪著她的，「妳不要幫我樹敵好嗎？」

「樹什麼敵？」雨忻挑高了眉，「難道這樣筱月就不爽了喔！」

哇，小亞差點沒笑出來，雨忻真的是唯恐天下不亂耶，真的是好閨蜜嗎？不過也可以感覺得出，她跟她們一樣不喜歡筱月！

「我沒有喔，我沒有生氣啦！」筱月竟真的站起來，走到梅真身邊，「梅真畫得真的太棒，是我技不如人，但是……」

筱月彎了身子，衝著雨忻一笑。

「幹嘛？」雨忻的確不喜歡筱月，搶風頭又假裝善良大方，最令人反感了。

「我再怎樣還是畫得比妳好啊！」筱月俏皮眨眼，那模樣真是可愛極了。

但看在雨忻眼裡可不是那麼回事，她覺得筱月根本是在挑釁！

「我本來就不擅長畫畫啊，就這點輸妳又怎樣？」雨忻氣得站了起來。

筱月噗哧地輕笑，那笑充滿嘲諷，但什麼都沒多說，倒是其他男孩們誇張地大笑出聲，「就這點？拜託，雨忻，妳有什麼贏筱月的啦？笑死！」

這一嘲弄反而讓雨忻惱羞成怒，她氣得想咆哮，卻被梅真拉下！拜託她不要再鬧了！這樣強辯下去只會越來越難看而已啊……更何況，如果筱月一生氣……把這份繪畫的能力收回去怎麼辦？

梅真戰戰兢兢地回眸看向筱月，筱月卻跟沒事的人一樣，回到座位怡然自得。

那瓶精油真的有用！她昨天晚上好奇打開來聞，與一般精油並無二致，她當護手霜全抹在右手上，虔誠的心她比誰都強烈，她是真的希望能有繪畫天賦，誰都不能懷疑她的心。

反正又不會少塊肉，也不會傷害到誰，所以她十指交扣，認真地祈禱，希望自己能擁有天才般的繪畫能力，一遍又一遍，鼻息間聞到的都是那精油的香氣，也不知道祈禱了多久，直到覺得自己可笑才停止。

然後，今天下午素描時，她感受到自己的不同，腦子裡瞬間就有清楚的構圖，握筆跟繪畫技巧變得純熟，畫出了連自己都咋舌的畫。

而且現在她滿腦就是想畫畫，她有好多繪本的想法，不僅是作畫，還有平時的漫畫塗鴉都有新靈感，急著想把作品全部完成！

「妳怎麼突然進步這麼多？」小亞直接走下講台問她，「我之前才看見妳放在ＩＧ上的漫畫而已，不是這樣的啊！」

梅真低下頭，她沒說話，一如往常地羞赧木訥。

而第三天的校園寫生是水彩畫，梅真再度展現驚人的天賦，她完全不打草稿地直接拿起水彩上色，一節課便成就上乘之作！而小亞費盡心力畫出的難得佳作，也依然差她一大截。

不只是她，所有意圖競爭者都只能望畫興嘆，同時伴隨著內心的疑惑、不甘心與疑問——梅真究竟怎麼了？

＊＊＊

「這不可能！」小亞在女廁裡氣得尖叫，「這中間絕對有問題！」

「能有什麼問題？如果是回家畫的圖就算了，今天是現場寫生！」文愛心裡也很悶，「也沒人代筆。」

「絕對就是有問題！她不可能短時間內突飛猛進，連畫風都改了？妳有看到前幾天她更新的漫畫嗎？」小亞怎麼想都不對勁，「根本不像是同一人畫的。」

「小亞，我知道妳不甘心，但這是事實。」文愛胸口也非常沉悶，「我也很難接受，但是她沒作弊啊！」

砰，女廁門突然被推開，踉蹌進來的竟然是梅真。

小亞跟文愛愣愣看著她，跟在她身後的是芳如。

「嚇死我了……」文愛蹙眉，「這什麼陣仗？」

「妳自己說！」芳如再把梅真推進小亞懷裡。

什麼鬼？小亞攫住她的手臂，「妳真的作弊？拿誰的畫替代？」

「我沒有……我沒有！那都是我自己畫的！」梅真連忙搖頭否認，「老師也在，從頭到尾都是我自己畫的！」

「妳突然變得這麼會畫，有什麼竅門嗎……不，我在說什麼啊！」文愛冷笑出聲，「梅真，妳精進得太過了，我們都是學畫的，我們知道一個人進步的速度。」

梅真低下頭，微咬了咬脣。

「她說她祈禱。」芳如不耐煩地替她開口，「我剛嚇她，她情急之下說是祈禱所得的能力。」

兩個女孩一愣，這是在說什麼東西？「瘋了吧？妳吸毒嗎？」

「沒有沒有！我是說真的！認真地祈禱！」梅真嚇得解釋，「有人叫我用虔誠的心祈求自己所要的就會成功，但要真心……我真的喜歡畫畫，祈禱也不會有什麼事，我也是半信半疑，但我隔天開始就變得很會畫了！」

筱月說過，不能說是她告訴她的，因為那個精油只有一瓶。

在胡說八道些什麼啊……小亞想過各種可能答案，但獨獨沒想過這個荒腔走板的理由！

「我看看妳是不是真的吸毒了？」小亞抓過她，聽說吸毒的人身上都很臭。

「我們在跟妳說正經的！」文愛也受不了地嘆氣，「要編也要編個正常一點的理由好嗎？」

文愛厭煩地轉身就走，覺得梅真根本裝肖維！

「我知道她說得有點扯，但是……」芳如倒是持不同看法，「我不覺得梅真是會瞎扯的人。」

小亞厭煩地把梅真甩到一邊，她瑟縮地抱著自己的雙臂，低垂著頭不敢看大家。

「只要祈禱就好了？這不是很好笑嗎？那全世界的人都來祈禱，每個人就都是畢卡索了！」小亞瞪著她。

「不，不是……只有一個人能得到這份能力。」梅真囁嚅地說

「妳現在是說，天底下就妳一個是天才嗎？這是在瞧不起我嗎？妳等著看，我會用最好的作品打敗妳。」小亞扭頭也走出了女廁。

芳如望著離開的同學，再看向梅真，她對梅真的話是信五分的……一來是因為梅真本來的性格，二來是她突然精進的技巧必須要有個解釋啊！

「妳是不是還有什麼瞞著我們？」芳如睨著梅真，「就只是祈禱？」

梅真咬著脣，不敢直視芳如地點點頭。

說謊。芳如瞧見她閃爍的眼神，轉頭不再搭理，逕自找了間廁所進入，梅真見狀便趕緊溜了出去……應該沒關係吧？她握著自己的右手腕，這份能力是她獨有了，天賦一旦給予，誰都奪不走！

如廁完畢，洗好手的芳如看向鏡裡的自己，她真的覺得這次比賽沒望了，原本以

為之前的冠軍離開後，她有機會可以……喀噠。

身後的廁間突然傳來聲音，芳如回首，發現有一間廁間裡竟然有人——女孩自然地打開門，從裡頭走出來。

芳如不由得皺起眉，「筱月？妳在偷聽？」

「什麼偷聽啊，我先進來的耶！後來是小亞兇巴巴到我根本不敢出來！」筱月扭開水龍頭，還一臉後怕的模樣。

「是喔？」芳如有點尷尬，那剛剛的事，筱月不就都聽見了嗎？「剛剛我們只是……」

「那個祈禱我聽過耶，要用秘藥抹於祈求的部位，然後真心祈禱，只要是真心的，就有機會被回應。」筱月突然語出驚人，「不過呢，只會有一個幸運兒啦！」

「秘藥？什麼秘藥？」芳如覺得自己是瘋了，這種怪誕之事她還追問？

「我也不知道，但不重要了，因為梅真太厲害了！」筱月一臉欣賞，「連我都自嘆弗如，她畫得太美了！」

「那不是她畫的！是……」芳如緊握了拳，「憑什麼她能突然擁有繪畫天賦？就因為祈禱嗎？那這輩子天賦就是她的了？」

「也不會這輩子啦！就等她不想畫，或是她……不能畫的時候吧！」筱月輕描淡寫地說著，關上了水龍頭。

不能畫的時候？芳如蹙起眉，什麼時候是不能畫的時候？

筱月眼尾瞄向她，露出一個甜美的笑靨，「我要趕快去買巧克力豆奶了！快上課了呢！」

筱月輕快地步出了女廁，唯有芳如一個人還僵在洗手槽邊……只有一個人能擁有的天賦，除非她出讓，或是……

她要不起了？

＊＊＊

第四天，梅真住院的事，震驚了所有同學。

「大家一定要小心，學校樓梯都很寬，但邊走邊滑手機就是不行。」導師嘆了口氣，「幸好摔下去沒有生命危險，梅真休息幾天就能回來了，但右手骨折要好一陣子的休養，接下來同學間記得要互相幫助……」

小亞不敢相信地看向最前排空著的位子，同時回頭看向後方的文愛，她立刻聳肩搖頭，不明白發生了什麼事。昨天還好好的人，怎麼突然就從樓梯上摔下去了？

該不會是文愛？小亞完全無法專心上課，滿腦子都回想著昨天下午的事，梅真所說的祈禱、那份突然得到的天賦如果是真的，那現在——她不能畫了啊！

是小亞嗎？文愛看著斜前方的小亞，她也咬著指頭觀望，好端端地為什麼梅真會摔下樓，明擺著的第一寶座一秒換人，還是……她不敢回頭得太明顯，該不會是芳如吧？昨天最相信梅真鬼話連篇的人是她啊！

很多人都在美術教室裡作畫，她記得芳如也是，或許今天放學後，就能分明。

放學時分，同學們三三兩兩，不在意這種比賽的人陸續離開去補習，家裡有資源的便回家作畫，而有部分人則前往美術教室，後面的男生們還笑著討論，小小的美術比賽變得很詭異。

「怎麼突然變得白熱化起來？原本以為梅真一定第一的。」

「我都放棄了說，看來要卯足勁了！」阿仲也揹起書包，「搞得我得回去趕進度了。」

「說得好像你都沒畫似的！」筱月答腔，熱切地問。

「我隨便畫啊，一看到梅真畫的作品我就知道沒望了，比都不用比，我想說就當作業隨便交差就好了！」阿仲邊說，突然回眸瞧去，一眼就看見還沒走的小亞，「但現在不一樣了，剩下的人實力伯仲之間，人人都有機會。」

「誰跟你伯仲之間。」小亞信心滿滿，「我們兩個一向是我比較強。」

「那是我沒認真過。」阿仲也不示弱，旁邊的同學「喔」地起鬨。

男孩子們還敲桌子當戰鼓，同學們在嘻笑聲中離開，小亞臨走時多看了梅真的空位一眼，再瞄向已經離開的文愛與芳如她們，若有所思一會兒後也離開了教室。

而在另一棟大樓的美術教室裡，同學告一段落後紛紛回家，有補習的人畫一小時就趕忙離校，而芳如今天撐到最後，不僅待到最後，她竟在這一兩小時內，畫了兩幅畫。

「天哪……」留到最後的芳如拿著畫筆在顫抖，看著自己的畫作忍不住哭了起來。有沒有天賦真的是天差地別！過去她畫得不差，但現在的她簡直是精美，這份天賦並未讓她畫得跟梅真一樣，而是結合了她原本就有的天分，把繪畫天賦瞬間點滿的感覺！

「太美……太美了……」芳如醉心地看著自己的畫，腦子裡永遠有著靈感，一切信手拈來，照這種狀況，第三幅作品說不定她前一天再畫都行！「這份天賦是我的了，絕對不讓。」

她珍惜地握著自己的右手，死也不讓。

「所以是真的嗎？」

身後冷不防傳來聲音，芳如嚇得起身，文愛曾幾何時竟在美術教室裡。

「文愛……妳為什麼會在這裡？」她家裡就能作畫啊。

「梅真說的是真的？她的手受傷，天賦就轉到妳這裡嗎？」越過芳如，文愛看著她剛剛畫的畫，「我的天……那用色跟筆觸，跟妳之前也是十萬八千里！」

芳如禁不住揚起微笑，也滿意地看著自己的作品，「好美，我想起前年家裡去海邊玩的景色，就這麼把它畫下來了。」

「祈禱就會有的玩意兒……怎麼可能？」文愛搖著頭，「妳們是在跟我開玩笑？妳也祈禱了嗎？」

芳如一震，她略帶驚慌地別開眼神，如果讓文愛知道是她推梅真下樓，刻意讓她無法擁有這份天賦的話，說不定文愛也會這麼對她……不能說！她不能說。

「對，我半信半疑，但我還是認真祈禱了。」芳如擠出自然的笑容，「我沒想到，居然成真了。」

文愛蹙眉，緩走上前，「所以妳是向誰祈禱？」

「呃……我也不知道，我就只是說拜託給我那份繪畫天賦。」芳如敷衍地回應。

「然後梅真就受傷了，右手骨折。」文愛有點難受，「妳沒想過可能是因為妳的祈禱，所以害她手受傷嗎？」

「我不知……我沒有那個意思！」芳如倒抽一口氣，「我只是學她說的祈禱而已，但我被選中了！我並沒有希望她受傷。」

唉……文愛一陣長嘆。芳如現在相當緊張，她不希望文愛去告訴梅真關於她也祈禱的事，因為昨天……梅真並沒有看到她的臉！

「事實上就是如此，妳的祈禱讓梅真受傷了。」

「不對！我是睡前祈禱，但梅真是昨天下午在學校就摔傷的不是嗎？」芳如想到了關鍵點，「文愛，妳不要亂說，等等梅真怪我怎麼辦？」

文愛微愣，「對……對耶！梅真先在學校受傷，然後妳再祈禱……所以換句話說，她一受傷，那所謂唯一的天賦就用不到了，因此妳的祈禱才會奏效！」

芳如抿了抿脣，心亂地開始收拾書包，她不想再待下去了，推倒梅真她亦心懷愧疚，但文愛像是來興師問罪似的，她不喜歡！

再選一次，她還是會推梅真下樓，因為她要這份天賦。

文愛突然上前，冷不防地抓住她的手，嚇了芳如一大跳，「妳幹嘛！」

「妳知道七點了嗎？」文愛死扣著她的右手，不客氣地往椅子上壓。

「什麼……哇！」芳如的手被壓在椅子上，被迫直接跪上了地，「文愛！」

只見文愛從口袋裡拿出一把鐵鎚，衝著芳如滿臉笑容。

「我晚上也會祈禱的。」

「不不……哇……哇……」

＊＊＊

第五天，芳如的位子空了出來，當導師說她昨天回家時出了意外，右手被東西砸傷，手骨都碎掉時，小亞腦袋一片空白……這件事簡直太扯，一個接一個地，怎麼都是她們這幾個人？

她昨晚私訊問梅真，她卻哭著說不知道誰推她的；但小亞又不敢問芳如跟文愛，結果今天芳如就出了事？她偷瞄了文愛幾次，她跟著大家討論、惋惜著，但是她卻發現文愛難掩的光彩。

她在偷笑啊！只要一個人時，還可以聽見她在哼歌咧！

「好怪啊！」筱月在吃飯時還跟其他人交談，「怎麼好像要參加美術比賽的人一個個都受傷了？」

對啊，這才不會是巧合咧！所以小亞直接約了文愛放學一起走，她有事想談，不過文愛卻說她要急著趕回家繼續完成第三幅畫，沒時間跟她閒聊。

「文愛！」小亞不死心地在即將出校門時叫住了她，「妳站住！」

文愛愣住了，這喊聲極具威脅，「妳兇什麼啊？」

小亞氣得拉了她就走，一路拉到旁邊的腳踏車棚下，不管文愛的掙扎或是眾人側目。「小亞！」

「那件事是真的嗎？」小亞一鬆手，就逼問文愛。「我看見芳如的畫了！」

「咦？」文愛一愣，旋即想到芳如昨晚在美術教室裡的畫。

「梅真住院，芳如一向都在美術教室畫，右下角的記號大家都知道……那不是她平常的畫風。」小亞皺著眉，「梅真一受傷，她天賦就點滿，現在輪到妳了嗎？」

「我只是祈禱，那是梅真教的。」文愛聳聳肩，搬出梅真那套。

「妳們的祈禱會讓另一個人慣用手受傷嗎？都不能畫了要天賦做什麼？」小亞有些恐懼地嚥了口口水，「我只想知道這是巧合，還是……」

「巧合，當然是巧合。」文愛篤定地看著小亞，刻意與她拉開距離，「我是睡前祈禱的，但芳如……我也不知道是怎麼傷的。」

砸碎芳如右手的她，自然害怕小亞做出跟她一樣的事，所以越退越遠。

她昨天衝回家試畫，畫出來的東西不可同日而語，真的是美到想哭！

「到底是什麼跟什麼……」小亞沒來由地覺得害怕起來，而文愛趁機拉開彼此距離，轉身就跑。「文愛！」

小亞沒追上去，她開始覺得這背後有什麼恐怖的東西在運作，哪有區區祈禱就能獲得天賦的，然後每個人的祈禱都會使前一個人受傷，受傷後再得天賦？或是說，前一個人一旦受了傷，不能拿畫筆，天賦就會給別人了？

這多可怕？梅真說她是被人推下樓，芳如的手莫名其妙被砸傷？骨頭都碎了會是被什麼砸到的？這根本匪夷所思，最重要的是……她昨天去補習時，在車上看到文愛往學校的方向走！那時已經六點半了！

懷抱著惴惴不安的心，她問了文愛一晚上都沒得到回應，隔天到了學校，文愛人是來了，但右手卻紮了一個大包，她紅著眼說手被門夾到，班上氣氛無比低迷，再蠢的人也都察覺得到不對勁了。

「這繪畫比賽是被詛咒了嗎？班上的好手一個接一個受傷？」有男生不可思議地喊著，「現在是剩誰了？明天就要交第三幅畫了不是嗎？」

「我還在喔！」筱月舉起手，小亞看著她的淺笑，卻打了個寒顫。

看著文愛包紮得沙鍋般大的拳頭，小亞卻反而不敢接近了，昨天所有想問的話也吞了下去，環顧全班同學，她腦子裡只有一個問題：

是誰？

＊＊＊

在掌聲與歡呼聲中，雀屏中選的人走上了講台，教室後方難得集中了全校所有的美術老師，她們都對這曠世奇才感到驚喜，直接斷言連校際比賽都不必想，這位一定會是冠軍。

「恭喜雨忻！」導師讚賞地說著，「妳要代表我們班去比賽！」

「直接拿校冠軍啦！」下頭有同學起鬨著。

「小亞很棒，筱月畫得也很好，但雨忻這幅日落畫得實在太觸動人心了。」美術老師不忘鼓勵第二跟第三名。

小亞笑不出來，她的手千斤重，連鼓掌都做不到，戰戰兢兢回頭看向第二排最後面的空位，那位高大帥氣的男孩，今天沒有出現。

「我哪能第三啊，如果阿仲在，我應該就第四了。」筱月謙虛地說著。

「唉，」導師凝重極了，「班上最近意外頻傳，阿仲昨天騎腳踏車時摔車，還被機車撞到，大家有空可以去看看他。」

腳踏車……阿仲是騎自己的腳踏車通勤的，那天她跟文愛在腳踏車棚裡時，阿仲該不會也在吧？他聽到了什麼嗎？小亞喉頭緊窒，絞著雙手忍不住發顫。

黑板上擺著雨忻的第三幅畫，之前兩幅畫得再差，也沒人能敵得過這幅畫的魅力，美術老師們紛紛心醉，直言這已直逼大師功力，不明白之前的雨忻是在隱藏實力還是玩票性的？

雨忻笑著說，她本不想走美術，所以不太想畫，但這幾天看見班上氣氛熱絡，她突然頓悟自己其實是喜歡畫圖的，才願意展現實力。

說謊！小亞看著燦笑中的雨忻，頭皮發麻，她明知道哪邊不對勁，卻什麼都說不上來，看著雨忻接受大家的讚美，回答得從容不迫，想起一個接一個受傷的同學……梅真說的彷彿是真的，那份天賦能轉給別人，但只能一個人擁有……

下課時間大家吵成一團，小亞在位子上悶悶不樂，今天全班就屬她最陰沉，筱月從教室外走進來時，凝視著她幾秒，眼底帶著點狐疑，但旋即又走向雨忻。

「恭喜妳了！」筱月誠心地說著。

「謝謝！」雨忻起了身，「快上課了，我要去廁所一下！」

雨忻急急忙忙地衝了出去，筱月回眸，看向了雨忻前頭的座位，竟動手拉開椅子。

「筱月妳幹嘛？」附近的同學好奇地問。

「我看見梅真來上課了啊，她不是手不方便？」筱月從她的抽屜拿出茶杯，「我先去幫她倒水好了！」

「梅真來上課了？」小亞登時跳了起來，「在哪？」

臨走的筱月回眸一笑，「在廁所呢！」

孝心

藍紅的警車燈在夜裡交錯得刺眼，社區中庭裡圍滿了人，鄰居們紛紛衝下來，或在樓上觀看著，沒有人能接受突然發生的噩耗。

吳奶奶走了。

當覆著白布的屍體送上救護車時，中庭座椅旁的一名老人家痛哭失聲，無法支撐地癱倒在地，提袋裡的東西掉落滿地，保鮮盒裡的飯菜還熱騰騰的。

「爺爺！」身邊面容姣好的女高中生趕緊試圖攙扶起老人家，卻拉不起來。

「啊啊……阿竹啊！」撕心裂肺的哭聲，來自年逾古稀的老人家。

緊接著，可怕的怒吼聲從H棟樓道裡傳來。

「放開我……太誇張了！」

「你們抓錯人了！我們怎麼可能這麼做……呀！」

數名警察從H棟走出來，他們拽著一行四個人的上臂，三男一女，個個臉色呈現驚慌與憤怒。

「那不是吳奶奶的孩子們嗎？」身後的鄰居們開始竊竊私語。

「今天又是四個人都到齊了啊？」

「拜託，一知道吳奶奶要跟李爺爺結婚，這些子女來得可勤了！」八卦聲此起彼落，「我看啊，就是怕遺產被拿走。」

趴在地上痛哭的李爺爺緩緩抬起頭，吳奶奶子女的叫罵聲他根本不在乎，他在意的只有被送上救護車的吳奶奶。

他掙扎著想起身，高中女孩吃力地協助他站起。「爺爺，你慢……」

「竹仔……阿竹……」李爺爺哭喊著，朝著救護車跑去，「妳怎麼可以就這……樣……」

泣不成聲，老人家連喊都喊不出來。

但那四個還掙扎著的子女可就不同了，個個身強體壯，怒火中燒。

「還在演？你們要去抓那個老頭子才對吧！」壯碩的男人咆哮著，「我們怎麼可能殺我媽！」

「對！一定是那個老頭子！」女人也指向李爺爺，「他接近我媽就是為了她的錢！謀財害命……一定是他！」

「他每天都跟我媽在一起，他也有嫌疑的！」老三也緊張地朝警察喊著。

老么早已哭得淚流不止，半句話都說不出來。

現場一片混亂，為寧靜的社區掀起波濤。

＊＊＊

一個月前。

社區中最近洋溢著粉紅泡泡，明眼人都看得出來，吳奶奶戀愛了。

「來，醬不要放這麼多。」李爺爺把醬油擠到一旁，夾起一塊焦脆的蘿蔔糕遞到奶奶面前，「我吹涼了。」

吳奶奶雖難掩害羞，但也不閃躲地張嘴就吃，李爺爺看著她吃得開心，也忍不住幸福地笑了起來。

「爺爺的蛋餅！」老闆送上熱騰騰的豬肉蛋餅，笑看著這對老情人。

吳奶奶在附近的社區住了十來年，一直都是獨居，聽說她有四個孩子，不過社區裡幾乎沒幾個人認得，他們很少來看奶奶。

吳奶奶嘴上說孩子忙，大家也都知道，每個人成家後都有自己的事業與家庭要照顧，但是一年只來看個兩三次，每次一小時，這種「忙碌」大家也心知肚明。

所幸吳奶奶生性樂觀，並不在意這些事情，她有自己的生活。她喜歡散步、喜歡做些手工小玩意兒，每天上午固定到元寶早餐店吃一份蘿蔔糕加豆漿，然後去市場買菜，接著回家睡個午覺後，再散步到大公園樹下乘涼，與其他人聊天、把做好的手工藝分給放學的小學生，再回家準備晚餐。

百分之百固定的行程，可謂數十年如一日，直到——李爺爺的出現。

李爺爺是公園對面另一個社區的新住客，也都習慣在公園裡散步，吳奶奶便是在那時與他認識的。

吳奶奶高齡七十七、李爺爺七十二，兩個人都已經走過人生大半輩子了，因為緣分相遇，展開了一場黃昏之戀；或許是覺得人生所剩的時光不多，因此確定心意後也沒拖泥帶水，直接就大方地交往了。

有了戀人的吳奶奶，看起來更精神了！

「妳說下個月初去坐這艘好不好？」李爺爺指著桌上的郵輪傳單，「我們去短短的，五天就好。」

「哎呀，要去就去多天一點，只有五天不是一下就回來了？」吳奶奶抽起下頭另一張傳單，「七天？」

「我是怕萬一妳暈船怎麼辦？這一暈要七天，難受！」李爺爺搖著頭。

吳奶奶唉了聲，她覺得難得可以出去玩，當然要玩夠本啊！但李爺爺的考量也沒有錯，他們的年紀都不小了，萬一身體不適，每一分鐘都難熬。

「這裡……七十歲以上好像不行啊！」李爺爺突然發現郵輪傳單背後的附註。

吳奶奶蛤了一聲，難掩失望，不過這份失望在吃完蘿蔔糕後一掃而空，立即想到了備案。

「郵輪不行，咱們搭飛機去日本。」吳奶奶拍拍李爺爺，「跟團，有人帶著，不怕！」

「這不錯啊，趁著我們都還能走！」李爺爺笑看著吳奶奶，迫不及待地想出發。

早餐店裡瀰漫浪漫氣氛，每個來買早餐的人都忍不住露出幸福的笑，這對黃昏之戀，現在可是社區中人人津津樂道的事了。

但是，不是每個人都這麼祝福，尤其是吳奶奶的四個孩子。

鮮少與吳奶奶聯繫的他們，不知怎麼知道了吳奶奶的新戀情，一夕之間全變成了勤奮的子女們，三天兩頭就到吳奶奶家裡，手裡提著補品，嘴裡說著關心媽媽，實際上——

「媽！吃啊！」老三殷勤著，指著茶几上的Pizza與可樂。

又不是過年時刻，孩子們火急火燎地回來了，還叫外送進來吃，吳奶奶應付地咬了兩口根本吃不習慣的Pizza，決定還是起身去煮碗海鮮粥比較實在。

「媽？吃不慣嗎？」老么連忙站起，「還是我去買點什麼回來？」只是他才站起就被一旁的老二攔下，二姊不悅地打量他，這小子獻什麼殷勤？

「媽？妳要做什麼？我幫妳！」二姊直接往廚房走去。

「不必不必，妳去吃！」吳奶奶回頭擺擺手趕人出廚房，「我煮個粥很快的！」

「我來！」二姊挽起袖子，就要接過吳奶奶手裡的鍋子！

吳奶奶用手肘擋開了她，忍不住流露出不耐煩，「我就說不必了！我的廚房妳別碰！妳快去吃那個什麼披薩的！」

客廳的老大掩不住笑，看著碰了一鼻子灰的老二出來，平時也沒看她這麼積極，媽怎麼會理！

吳奶奶手腳依然俐落，煮個粥沒十分鐘就好了，她是很想在廚房裡的小桌吃，但孩子在外面，她還是默默地端著碗走出來。老么別的不會，但端碗熱粥還行，趕緊上前接過，好整以暇地擱在茶几上。

這種事吳奶奶不會搶，她年紀大了，端著熱湯碗的確不穩。

「你們到底來做什麼？」吳奶奶直接說著，「吵得我腦子疼。」

「不是……媽，就來看看妳啊！」老大人高馬大，壯漢一個，「一直想說見見妳那個男朋友……結果都沒見到！」

吳奶奶吹著稀飯，慢條斯理地喝了一口，「見他做什麼？你們對老李這麼好奇啊？」

「好奇，怎麼不好奇？」老二說了實話，「突然談什麼戀愛，我們可是擔心得很！」

「擔心？誰？老李還是我？呵呵。」提起李爺爺，吳奶奶就是一臉幸福，「老李人不錯，我很喜歡他，沒什麼好擔心的！」

「媽！妳是認真的嗎？跟一個老頭子談戀愛？妳都七十七啦！」大兒子也直白地說著。

吳奶奶蹙起眉，「奇怪了，年紀大就不能談戀愛嗎？我喜歡他啊！」

「不是……媽，不是說妳不能談戀愛。」老三也不知道該怎麼說，「只是你們都這把年紀了，還會有那種年輕人的想法？戀愛？」

「為什麼沒有，我就喜歡他。」吳奶奶認真地說著，低頭再吃了個蛤蜊。

「他喜歡妳嗎？不對……不對不對！」老三搖搖頭，「媽，不是我要澆妳冷水啊！說實話，男人無論如何都只喜歡十八歲的，怎麼有人會喜歡老女人？」

老么推了老三一把，話怎麼說的？這是在傷媽的心吧？「又不是每個人都這樣！」

「老李都幾歲人了？又不是你們這些血氣方剛的渾小子！我喜歡他也不是喜歡外表啊！」吳奶奶開始不耐煩了，「所以你們最近一直問老李，就是因為……覺得他不可能喜歡你媽，還是覺得老人家不可能談戀愛？」

「我們是怕妳被騙了啊！」老大振振有詞，「而且還扯什麼結婚？現在騙婚的人很多，就是專門騙這種孤單老人的！」

大哥！老二想阻止老大的口無遮攔，但說出去的話根本收不回來！

孤單老人啊……這句話讓吳奶奶喝粥的動作停了下來，這些孩子還知道這名詞啊！雖有四個子女，但一年到頭見不到子女，傳個早安被說是無聊的長輩圖，打電話講沒兩句就沒人理，老伴走了之後，她的確孤孤單單——但她從不覺得自己可憐啊！兒孫自有自己的人生，她沒想過要綁住誰，或是誰必須待在她身邊，老伴走後她就一個人過，她有自己的朋友、自己生活的節奏，一個人過得很好，也從來不覺得無聊！

只不過喜歡上一個人，她的孩子們倒突然上心了，比她前幾年急診時還積極。而且結婚？誰告訴他們她要跟老李結婚的？不就兩個人興趣相投，互相喜歡，想在剩下的日子裡做個伴？

「他不會的。」吳奶奶倒是平靜，默默地把手裡的碗放回桌上，還剩個大半碗，但吃不下了。

「媽，每個被騙的人都是這麼相信對方，才會被騙的啊！」二女兒焦急起身，「我們這是為妳好，萬一他把妳老本騙光了可怎麼辦？」

老本……吳奶奶盯著桌上的碗淡淡一笑。

「這你們就不必擔心了，」吳奶奶回身，「好了，我是早睡的人，你們該回去了！」

「媽！怎麼能不擔心？」老么也忍不住起身，「妳真的要小心啊！不能這麼隨便輕信他人。」

「我說了，老李是個好人，你們連他的面都沒見過，怎麼知道他的為人？」吳奶奶斂起笑容，「我自己的事，我有分寸！萬一有個什麼，我也不會拖累你們的！」

聽得出母親口吻的嚴厲，幾個兄弟姊妹交換了眼神，老三趕忙跳出來打圓場。

「媽，說什麼拖累不拖累的！妳是媽媽，我們純粹只是擔心。」老三笑著動手收拾桌上的Pizza，「真的就是怕妳被騙而已！」

「你們怕的是我走後，沒留下什麼東西給你們吧？」吳奶奶冷冷地說著，站在廚房門口看著她教出來的好孩子們。

四個孩子們一愣，個個彷彿心虛般地慌亂。

「媽……妳在胡說什麼，沒有的事！」老二笑容都僵硬起來，「好了，媽要早睡，我們別在這吵媽了！」

老大趕緊點頭，尷尬地擠出微笑。「對……那我們先走了，過兩天再過來看媽！」

所有人就像是被說中心事一般，匆匆收拾離開，老么再三叮囑吳奶奶的作息，一陣混亂後，大家終於離開了吳奶奶家。

關上門時，吳奶奶有種沉重的疲憊感。

是誰說她要跟老李結婚了？孩子們就是因為以為她要結婚了，才這麼緊張嗎？怕她的錢和這間屋子被騙，怕他們未來的遺產會被拐走！她是老了，不是傻子，要是真跟老李結婚了，等她斷氣那天，身為未亡人的另一半就會跟這些孩子瓜分財產吧。

吳奶奶收拾好屋子，端杯熱水緩慢地坐上沙發，看向擱在牆上，那個不看照片就快記不得的老伴容顏。

「老伴啊，你說我們教出了什麼孩子啊？」

＊＊＊

現在。

誰也沒想到吳奶奶的四個兒女，真去見了李爺爺。

獨居的李爺爺一開門見到四個陌生人，都還沒問半句，就被輪番辱罵了一番，他老人家忍不住氣地回嗆，結果老大居然對老人家動起手，還嚴正警告他不許再接近吳奶奶。

原本李爺爺都驗傷了，但一知道那些人是吳奶奶的孩子們，立即放棄了提告；但是這一頓揍，不僅沒有勸退李爺爺，反而堅定了他要跟吳奶奶在一起的心。

吳奶奶聲淚俱下地道歉，也痛斥了孩子們，甚至不許他們再接近李爺爺，也不想再見到他們，不管孩子們怎麼把鍋甩到老大身上，補品怎麼一箱箱疊，吳奶奶就是不想理他們。

尤有甚者，當李爺爺知道事情原委後，直接就在早餐店裡求了婚。

也不知是否賭氣，吳奶奶沒有猶豫地便答應了，老倆口開始規劃婚禮，還有他們的蜜月旅行！

吳奶奶的兒女們嚇得不輕，突然間個個積極地都來探望吳奶奶，頻率高到警衛短時間就分辨得出他們幾個，這可是過去十年來都認不得的人們呢！

「怎麼又是這台車啊！」女孩不滿地瞪著擋路的車子，「我們有停車場！」社區警衛探頭，「筱月啊！這還不是吳奶奶家那老大的，個性霸道，每次都說停一下下。」

「哪有一下，上次我放學回來，再出門都兩小時以上了。」筱月抱怨著。

「說不聽啊，沒畫紅線我也沒辦法……啊，李爺爺！」警衛突然越過筱月打招呼，緊張地跑了出來。

筱月回身，看見熟悉的李爺爺笑開了顏，「爺爺來啦！」

筱月雖是新搬來不久的住戶，但人長得漂亮嘴又甜，原本說是跟阿姨同住，但後來阿姨生病回了老家，所以現在她就是一個人獨居的高中生，長輩們多少對她多有照顧，尤其每次吳奶奶在巷口等李爺爺來時，她總過去聊天，吳奶奶對筱月可好了。自然，她也很早就發現這段黃昏之戀。

「筱月放學啦！」李爺爺手裡拎著餐點，看來是要來找吳奶奶一起用晚餐，他們最近一直如此。

「爺爺啊……您要不要先進警衛室待著？」警衛趕緊出來，「今天他們來看吳奶奶了，怕等等冒犯您！」

李爺爺微愣，「他們來啦？來看媽媽是正常的！」

警衛尷尬地笑，「最好是喔……吳奶奶前幾日都不給進，今天四個人一起到了，吵得不可開交才讓進的。」

李爺爺沒說話，筱月倒是親暱地上前，勾住李爺爺的手，「爺爺，您進來，我陪您在中庭坐坐。」

「啊……好！」社區誰不認識李爺爺，自然讓他進入，何況筱月也只是帶著李爺爺在中庭坐著，不礙事。

「爺爺什麼時候登記呢？」筱月期待著，「結婚後，爺爺會搬過來吧？」

李爺爺有點羞赧地笑著，「不一定，我跟她還在商量……」

「當然是啊，爺爺房子不是租的嗎？可吳奶奶的房子是買的，當然住在一起了吧！」筱月向H棟望去，吳奶奶的窗子亮著燈，裡頭不知道爭吵成什麼樣了。

「婚禮」在即，急壞了四個兒女們，他們多怕「應該」屬於他們的東西被奪走，那棟房子，還有吳奶奶為數可觀的財產，都即將被另一個男人瓜分掉……甚至全數拿走。

吳奶奶面前擺著子女們買來的補品們，總是以為塞滿物質就好了嗎？她一絲笑容都擠不出來，坐在沙發邊，聽著孩子們的嘈雜聲。

「媽，我查過了，那個姓李的一窮二白啊！」老大的嗓門向來就大，說話跟咆哮似的！「妳知道他現在住的地方不但是租的，還常常延遲繳房租嗎？」

「媽，妳有見過他的家人嗎？他不老實啊！」老三愁容滿面，「凡事多留個心眼！」

「總是得交代清楚啦！」老二婉轉地說道，「不然我們很難同意。」

吃著補品的吳奶奶一頓，抬頭用嚴厲的眼神瞪著孩子們，「我需要你們的同意嗎？」

老么瞧見母親的堅定，有些難受，「一段不被祝福的婚姻，妳真的覺得可以嗎？」

「如果我還年輕，或許不行。」吳奶奶微微一笑，「但我都幾歲了，我無所謂。」

吳奶奶厭煩地起身，走進廚房裡，老么旋即跟了進去；客廳的三個人低語討論著，這事情絕對不能就這麼算了！不一會兒吳奶奶回到桌邊，孩子們開始苦情攻勢，她只是把雞精與燕窩喝畢，最後端起了一碗熱騰騰的補品，完全不想搭話。

「你們是我的孩子吧？」

驀地心臟一陣緊，吳奶奶整個人驟然縮起，砰地就從沙發上跌了下來！

四個孩子愣在原地，看著揪著胸口的母親，腦袋一片空白——

「媽！」

＊＊＊

三個月前。

「爺爺是不是一直在偷看吳奶奶啊？」

身後女孩的聲音嚇了李爺爺一大跳，他吃驚地朝右邊看去，是個正在吃冰的高中女孩，全身散發著青春美麗的氣息。

「呃……誰？」李爺爺緊張地嚥了一口口水。

「就那個啊！」女孩指向了十一點鐘方向，另一棵樹下正與其他奶奶話家常的女人，「很會做手工藝的吳奶奶。」

李爺爺有些尷尬，不知道該怎麼回應，「嗯……我只是……」

「吳奶奶很好喔，手又很巧，而且老伴已經走了，一個人住。」女孩一屁股挨著李爺爺坐下，「她就住在前面那個社區裡，有兩間房子，生活很過得去！」

李爺爺突然雙眼一亮。「是、是喔？沒有孩子……」

「有，但很少來看她！」女孩稀鬆平常地說道，「身體還不錯，至少能到處閒逛，喜歡老電影，早上都會固定去元寶早餐店吃蘿蔔糕！」

李爺爺聽著記著，看向高中女孩，「妳是……吳奶奶的孫女嗎？怎麼對我說那麼多。」

「我不是，我只是注意到爺爺一直在偷看吳奶奶！」女孩打趣地瞅著李爺爺，「我這叫促進良緣！」

「喔……喔！」李爺爺羞赧地笑了起來，「她好有氣質呢！妳還知道她喜歡什麼？都跟我說好嗎？」

「沒問題！」女孩自在地昂起頭。

「那妳叫什麼名字啊？」他正愁不知道怎麼跟吳奶奶搭話呢，居然天降天使了。

「我叫筱月。」女孩瞇起眼笑了，「爺爺還想知道吳奶奶的什麼，我可以統統告訴你喔！」

＊＊＊

一個月前。

拎著晚餐回來的筱月，看見了擋在轉角路邊的車子，這個位子總是擋住來往的車子視線，令人極度不快，才想著，有兩個騎腳踏車的小朋友就要彎過來了……筱月選擇別過頭，走到社區牆外的樹下滑手機。

砰！孩子們撞上了車子，警衛聞聲從警衛亭衝了出來，筱月站得更裡面了。

「哇……」孩子們摔得慘，嚎啕大哭，筱月這才趕緊跑出來。

「怎麼哭了？發生什麼……」她跑到車子邊，看著名車上的刮痕微微一笑，「沒事了，有沒有摔傷？」

安慰著跌倒的孩子們，這台車屁股又大，一轉彎過來誰都來不及；此時身後的社區內傳來說話聲，一行多人，口吻氣憤不已。

「媽要是認真起來怎麼辦？幾歲了結什麼婚！」老大聲如洪鐘。

「我覺得就是來騙媽的！一旦結婚的話……」二姊咬著脣，「房子也會被拿走吧？」

「說好另一間套房是我的喔！」老三立刻搶話，「我現在怕的不只是房子丟了，萬一，我是說萬一……」

「萬一什麼啊，你們是不是想太多了，媽老年找老伴，沒什麼關係啊！」老么眉頭深鎖，「而且你們在講的都是媽的東西！」

「什麼媽的東西？有本事媽走後你就一毛都不要拿！」老大不客氣地推了么弟一

把，正巧走出社區門外，斜過去就見到自己的愛車出事了！「喂！你們幹什麼！」

他氣急敗壞地衝過來，嚇得兩個才止住哭泣的孩子哭得更大聲了！

「喂，你兇什麼啊！這種停法大家根本來不及閃，小孩都受傷了！」筱月站起，不客氣地朝著老大喊，「還沒跟你要孩子的醫藥費耶！」

哇，好正！老大打量著穿著高中制服的筱月，非常漂亮的女孩，而且穿著高中制服，看起來真是青春有活力……老大一反剛剛的兇惡，瞅著筱月不遮掩地笑了。

「啊，是妳……」老二認得筱月，因為她上週來找媽時，就是在外頭遇上了這個女孩子，也是她告訴自己，媽打算跟老李結婚的！

警衛協助孩子們進社區，再三拜託他們不要這樣停車，便先進去警衛亭忙碌；老大貪看筱月捨不得走，沒想到妹妹竟認識美女，再怎樣也得多聊兩句。

「上週就是她……告訴我們媽跟那男人的事。」老二婉轉地說，所有人了然於胸。

「噢，吳奶奶跟李爺爺的事，大家都知道啊！不是問我也行！」筱月聳了聳肩，「他們很甜呢，大家都絕對祝福。」

「祝福什麼？那個老傢伙一定是騙婚的，就是要騙我媽！」老三啐了聲。

「不是吧！李爺爺人很好的，他對人很和善，也常幫助人，我還看過他去聖陽精神療養院當義工呢！」筱月掃視他們幾個，「你們也太奇怪了，如果媽媽有喜歡的人，應該是要祝福她能老年有伴吧？」

「小孩子懂什麼？就是因為有了年紀，還因為戀愛暈船更可怕！」老三嘖嘖搖頭，「都幾歲了，也剩沒幾年可以活，要是被騙光了錢，以後還得怎麼享福。」

「不是還有你們嗎？」筱月哼了聲，「而且李爺爺才不是那樣的人，他們興趣相投，然後……正式成為另一半，老公，老伴。」

「正式」成為另一半，老二聽著就發冷，「我們就怕這個正式。」

一旦媽先走，那老頭就成為第一順位繼承人，光明正大地拿走媽的一半遺產，剩下的才是他們四個兄弟姊妹均分啊！

更別說只要有點心機，在媽在世時，房子過戶、財產轉走都不是問題！

「妳跟那個李爺爺很熟嗎？」老么試探地問，「我也覺得我們都還不認識對方，就這樣妄自揣測不好。」

誰在跟他揣測？他們想的是絕對不能有任何一絲機會，讓他人乘虛而入。

「對！妳跟那個李爺爺很好嗎？我聽說他住在公園另一邊的社區？」老三敏銳地問向筱月，「我弟說得很對，總是得認識一下，今天他也出門當義工嗎？」

筱月轉過身，就要往社區大門去，「才不是呢！這時候爺爺已經回家了……啊！」筱月啊了一聲，突然掩嘴，「不是啦，我是說……」

老三立刻看向兄姊們，「我去開車，就公園那邊見！」

「喂！你們要幹嘛？」筱月焦急嚷嚷，「不要亂來啊你們，那是吳奶奶的事，吳奶奶的東西，她喜歡給誰就給誰不是嗎？」

老么擰著眉回頭，用一種不可思議的眼神看著筱月，二姊也同時白了她一眼，「外人閉嘴啦！」

沒幾分鐘後，兩台車駛離了社區，警衛指揮後憂心走來，「剛剛是怎麼了？我正在忙，但聽見妳在喊什麼？」

「他們好像要去找李爺爺耶！」筱月咬著唇，「都是我不好，我要去跟吳奶奶說！」

她可從頭到尾都沒說謊，就像現在，她正急促地按著吳奶奶的門鈴，剛被子女精神轟炸的吳奶奶好不容易開窗驅走披薩的氣味，狐疑地打開門。

「筱月？」

「吳奶奶，不好了！」女孩嚷嚷地都快哭出來了，「您的孩子們好像要去找李爺爺算帳了！」

＊＊＊

三週前。

李爺爺帶著臉上的瘀青、拐著的腳，由司機攙扶下了計程車。鄉下地方都是叫車，李爺爺一直都叫小亮的車，彼此熟悉，口風又緊，每每到這裡來，小亮都是到一旁乘涼，等著李爺爺出來。

走進精神療養院時，護理師詫異地趕緊過來，「阿伯，你臉怎麼了？車禍……不對。」

眼窩的瘀青逃不過護理師的法眼，這是被打的！

「沒事沒事，我來看于城。」李爺爺笑著揮手，「我只是沒看路，不小心跌倒了。」

李爺爺有意遮掩，護理師們也不戳破，大家使著眼色，便帶著李爺爺朝裡頭去。「于城最近非常穩定，而且會主動幫忙，這幾天醫生讓他自由到處走，今天就在戶外拼拼圖。」

穿過長廊後，直接來到寬廣的戶外，而他的兒子，年過四十的男人，就坐在一張桌子邊專心拼圖；他向來不打擾兒子，兒子知道他來了，淡淡看了眼，繼續手上的工作。

「于城，爸要結婚了！」李爺爺緩緩說道，「如果醫生允許的話，爸想帶你去看看。」

男人的手停頓，朝李爺爺看了一眼，「結……婚？」

「嗯，是個奶奶，個性很好。」李爺爺握住了兒子的手，「她很喜歡我，是個有房子，生活又優渥的人。」

男人嘴角微抽搐著，「有……錢……」

「還行，過得去。」李爺爺憐惜地撫著兒子的臉，「所以你不必擔心老爸，老爸一定會讓你繼續接受治療的！」

男人幽幽正首，將手裡的拼圖拼上去，然後朝著天空泛出了一個微笑，「恭喜……恭喜了！」

李爺爺笑了起來，上前緊緊抱住自己的兒子，為了兒子，他什麼都願意做啊！

而外頭在計程車裡等待的小亮突然嚇得躲下去，那台礙眼的車也太面熟了吧？瞧見下車的男女，那不是吳奶奶家的孩子嗎？他們為什麼會到這裡來？

「沒錯，就是這裡！李爺爺每週都來這裡的！」老二看著聖陽的牌子，高中女生說的就是這間。「當義工嗎？我查到的可不是這樣！」

「進去問問就知道！前科殺人犯不是嗎？」老大踏上台階，直接進入了病院。

小亮都傻了！該死該死！上次意外被一個高中生撞見，李爺爺一時嚇到不知道如何回答時，他幫李爺爺扯了謊，說李爺爺在這裡當義工……因為李爺爺不想讓人知道他有個思覺失調的殺人犯兒子在這裡接受治療啊！

＊＊＊

十四天前。

他們算過了，這間房子加上B棟的套房，市值至少有一千五百萬，再加上積蓄跟爸留下的遺產，兩千萬不是筆小數目；四個孩子齊聚，希望吳奶奶能為他們著想，如果非要跟李爺爺結婚，能不能先把財產分了。

探親彷彿是場談判，要結婚就先分錢，表面打著替她保管財物為名。

老么面有難色地藉故在廚房幫忙，看著母親默然的神色，他都快哭了。

「媽，妳可以不要的。」他小聲地說著，「我不要妳的錢，哥他們是在逼妳啊！」

吳奶奶看著老么，一般最疼老么都是有原因的，年紀最小最受呵護，當然她也承認養出沒擔當的性格，但至少善良。

「聊什麼呢？」二姊都在盯著他的一舉一動，「不要在那邊挑撥喔！我們不是在逼媽，只是幫媽保管那些錢，避免被有心人騙了。」

說著，二姊從櫃子上拿下她買的雞精，與大哥買的燕窩罐，貼心地拿到客廳去；老么協助母親拿取電鍋蒸好的補品，那是三哥買的，熱過了才好喝。

補品擱到茶几上，但桌上那些刺眼的文件依然令人難以別開視線。

「媽，妳不要想太多，我們真的只是代管。」老大一反常態，溫柔地說道，「妳要錢，跟我們拿就是。」

吳奶奶冷冷地不吭聲，伸手才要拿雞精，孩子們立刻積極地協助打開罐子；接著吳奶奶再捧起熱騰騰的補品，一口口慢慢地喝著；從頭到尾一言不發，空氣的沉重，反而讓四個孩子都不安。

「媽，妳不要覺得我們在逼妳，我們真的是為妳好，那個李爺爺不老實啊！他有個前科犯兒子沒告訴妳，他需要龐大的醫療費妳知道嗎？」老三語重心長，「我們當然不能武斷地評判一個人，但多留個心眼兒不會錯。」

「是啊，畢竟我們是妳的孩子啊！」老二堅定地說著。

吳奶奶突然抬頭，望著老二，再一一梭巡著孩子們。

「是啊，你們是我的孩子啊……」

唔！心臟驀地緊縮，吳奶奶瞪大眼睛一口氣上不來，她緊捏著胸口感受到……不，她什麼都感受不到，眼前瞬間一片黑，砰地就倒了下去。

＊＊＊

今天。

「聽說了嗎？吳奶奶的遺囑，全部給了李爺爺！房子在生前早就全部過戶了！」一包垃圾扔進了子母車裡。

「對啊，沒有結婚前就這麼做了！一毛都沒留給孩子，吳奶奶是不是……知道什麼啊？」另一個太太邊說邊發顫，「這太玄了，突然心肌梗塞就走了？」

「但是吳奶奶心臟有問題啊，說是必須得換心的地步，結果她的孩子沒一個人知道！」後頭走來的張太太抓到話尾都能聊。「新聞不是說了，吳奶奶吃的補品裡好像有不明毒物，現在搞得不知道是孩子毒害母親，還是吳奶奶剛好心臟病發喔！」

削瘦的男人也拿著回收來放，聽見這兒吱吱喳喳，不禁眉頭深鎖，「我覺得不太可能吧？孩子真的會這麼做嗎？」

「唉唷，廖先生！我跟你說，談錢傷感情喔！」太太們笑著，「看那四個孩子平時也很少來看吳奶奶啊，就老么好一點……欸，不是也是唯一沒嫌疑的嗎？」

「天曉得喔！」其他太太們一臉不以為然，「我只知道，老李是最大贏家！他打算把房子賣了，今天房仲都來了！」

廖先生跟幾位太太頷首致意便先離開，路過中庭時，恰巧看見房仲們前往H棟，其餘鄰居竊竊私語；而娉婷的高中女生蹲在花圃角落細細澆水，廖先生還是走了過來。

「筱月啊……在幫吳奶奶澆水嗎？」整個社區都知道這位獨居的高中女生，一來沒有父母在旁，二來實在漂亮，其三是個性活潑惹人喜愛。

「是啊，奶奶走之後，這些菜都沒人照顧……看，像是跟著吳奶奶一起走了。」筱月悲傷地說著，高麗菜全發了黑，像被燒灼般，「不過枯死為什麼會發黑呢？感覺這土好像有問題……該不會下面埋了什麼吧？」

「不、不會吧！」廖先生趕緊說明，「有時候會這樣的，嗯，就病蟲害之類的！」

「哦，對厚！廖先生是科學家呢！」筱月昂起頭，欽佩般地笑了起來。

「沒關係，我來幫吳奶奶處理吧！」廖先生主動接過筱月的水管，「我幫她把菜挖起來，檢查土壤，然後讓管委會重新種上花。」

筱月看著廖先生，將水管遞上前，「好哇，就麻煩你囉！我想上去看看李爺爺！」

廖先生點點頭，女孩跟他道別，輕快地前往H棟。

吳奶奶的房子已被清空，她保存得相當良好，房仲正在丈量這間屋子，與李爺爺低語討論著細節，房子即將出售；李爺爺面容憔悴，但處理事情卻有條不紊，因為吳奶奶的孩子們都有犯罪嫌疑在押，所以吳奶奶的後事幾乎是他一手主辦完成。

「李爺爺好。」筱月站在門口，禮貌地頷首打招呼。

「筱月啊！妳來得正好。」李爺爺走上前，遞給她一個信封，「這是吳奶奶免費借給妳的，妳找個時間搬過去吧！」

筱月有點發愣，捏著手裡的信封，她知道裡面是鑰匙。

「B棟那間房子就給妳住，水費跟管理費都會每月自動扣款，但電費就讓妳自己負責，既是借住就不必房租，妳安心住下。」李爺爺笑看著筱月，「阿竹希望妳不要煩惱生活，好好認真念書，多出來的錢就存下來，畢竟一個人在外不容易。」

「B棟的套房？我以為是爺爺您要……」

「不不，我打算搬去住我兒子附近，他需要治療……阿竹也知道，我們之前就討論過，離兒子近一點，這樣方便我去看他。」李爺爺深吸了一口氣，「只是沒想到她會死得這麼突然。」

「突然……」筱月看著李爺爺，有點不知如何接話。

「她有預感自己會走的樣子，所以早早就做這麼多安排，但我都沒留意到，唉！」李爺爺溫柔地拍拍筱月，「但我們都很謝謝妳，讓我們在人生的最後，能遇到彼此！這是美好的兩個月啊！」

「李爺爺啊！這裡要麻煩你喔！」裡頭的房仲喊著，李爺爺喔了聲，趕緊先入屋去。

筱月從頭到尾沒有打開信封，她茫然地走出門外，事情像是跟她設想的一樣，但又有一點不同？

「人類也不是永遠都這麼好捉摸的對吧？」

聲音驀地從斜前方傳來，筱月警醒地抬頭，十點鐘方向轉角處站著一個俊美男人，他穿著房仲公司的制服——但她記得這張臉，上一次見面，他們是在某名人演講的場子裡！

他不是度假村的工作人員嗎？

筱月只是捏著信封，誰都沒有說話，靜靜站在十七樓的走廊上對望；樓下的花圃邊，廖先生依然站在那兒，盯著發黑的高麗菜看，他告訴自己不可能：埋在底下的東西不可能被人發現，吳奶奶也不可能拿去使用，但是……為什麼會和吳奶奶去世的病徵這麼像？

如果沒人打開「那個」，土壤為什麼又會變成這樣呢？

誓言

一大清早，廚房忙碌的聲響叫醒了他。油在鍋子裡滋滋作響，培根在平底鍋裡呈現完美的焦黃色，一旁的吐司片跳起，女人匆匆忙忙地一邊穿著襯衫，一邊滑進廚房，將火關掉。

右手邊的咖啡也煮好了，她俐落地將吐司、培根與蛋盛盤，暫擱在吧台上，再將咖啡壺裡的咖啡倒入杯子中。

「時予！」她揚聲呼喚，「吃早餐囉！」

男人躺在床上，他很早就醒了，聽見呼喚才慢慢起身。坐在床沿的他覺得身體彷彿千斤重，連要站起身都感到困難。

不是生理上，而是心理上的問題。

他慢條斯理地去梳洗，而餐桌上的女人已經拉開椅子坐下，先拿起水果籃中的李子啃著，一邊滑開手機看著當日新聞，她的早餐永遠配著新聞。

她是某間ＩＴ公司的主管，生活總是忙碌，正是因為在家裡的時間不多，所以早餐再簡單，她也要親力親為。
老公的身影總算在她起身將碗盤放在碗槽時出現了。
「早安。」她用燦爛的笑顏迎接丈夫，上前便是一個大大的擁抱。
廖時予身子明顯僵硬，沒有及時回擁，幾秒後才伸手輕輕拍了拍她的後背，這是一種敷衍。
「今晚我要加班，會很晚回來！」程佩茗邊說邊拎起衣架上的外套，匆匆往玄關去，「你要記得吃飯喔！」
「嗯。」廖時予淡淡地回著，盡最大的努力擠出笑容。「對了，我前天跟妳說有支勃根地的好酒……」
「我已經買了！難得你會注意酒呢！昨天我回家時搬上來了，擱在儲藏室，週末再來喝！」程佩茗笑吟吟地，「要不要跟我一起喝呢？週末別待在研究室了！」
買回來了啊……真好。廖時予露出微笑，「再看看進度。」
「好吧……喔對了，H棟吳奶奶出事了你知道吧？我之前才看見她跟一個爺爺牽著手在樓下散步……」穿鞋的妻子惋惜地蹙起眉，「說走就走，聽說還是孩子們下的手！」
廖時予一凜，笑容凝在嘴角，「是、好像是……」

「親生媽媽啊，怎麼下得了手，還下毒……你有空的話去看看吧？畢竟你是毒物專家，說不定能給些建議呢！」程佩茗看了一眼腕錶，「啊，我真的得走了！」

拎過鞋櫃上的公事包，她風一般地出了門。

廖時予就站在玄關處，看著關上的門，深深吸了一口氣……她不知道，對，她那些不過是自然的反應。

H棟的吳奶奶走了，妻子只是在話家常而已，他不要過度敏感。

廖時予不停地安慰自己，趨前鎖好門，轉頭拖著步伐往餐桌走去；佩茗用的是他最喜歡的那個綠色盤子，盛裝著已經涼了的早餐，他看著盤子裡煎得焦香的培根、閃閃發光的太陽蛋，卻沉著臉色。

端起盤子與咖啡，二話不說地直接走到廚房裡，將所有食物倒進了廚餘桶中。

「我不會吃的。」他打開水龍頭，沖洗著所有盤子，包括妻子的。

碗盤洗好後，他走回自己書房，謹慎地輸入密碼後進入，這是連妻子都不知道的密碼，因為書房是他的研究重地，本來就不適合外人進入，連孩子都不行。

孩子現在交給媽照顧了，他反而安心許多。

拿出鑰匙打開上方的櫃子，取下摩卡壺與咖啡粉，盛裝好咖啡粉後再走回廚房，打開瓦斯爐，將摩卡壺擱上；他只用自己的器具，妻子忙碌是好事，這樣他便不必擔心她想開伙。

當然她如果不必加班或假日時，她就會想要煮頓豐盛大餐，所以他的假日幾乎都會待在研究室裡，不會回家。

誰知道她會不會在餐裡加什麼，他不會吃她準備的任何東西。

手上的馬克杯都是從書房櫃子裡拿出來的，他露出淺笑，將咖啡徐徐倒入雪白鑲銀邊的咖啡杯中，看著杯子心情便雀躍幾分，端著咖啡走到陽台，享受這早晨的靜謐。

他住在一個社區中，往樓下俯瞰，還有警察三三兩兩地在進出，吳奶奶的身故在社區裡引起軒然大波，那和藹可親的老人家，突然在晚年交了個男朋友，遭到孩子們的極力反對，那些孩子們在意的不是老人家是否被騙，在意的是「是否會被騙走應該屬於他們的遺產」。

是，不必把人想得太清高，當你到了某個年紀，孩子們的腦子裡絕對有一塊想的是你踏入棺材後，身後遺留下來的錢！所以她的孩子們深怕吳奶奶會把遺產交給李爺爺，打著「我是怕妳被騙」的旗幟，最後演變成一場家庭悲劇。

但是他知道實情啊……廖時予站在高樓，就能看見社區中庭裡有塊空著的花圃——他知道吳奶奶的孩子們沒有那個本事。

因為那個毒，是他研發的啊！

「唉，究竟怎麼回事？」他喃喃自語著，回頭看向書房的方向。

那片空著的菜地是奶奶種高麗菜的地方，而那瓶毒藥他明明好好地埋在下方，也妥善地封緘，不該有任何外漏的機會。

而且對方掩埋回去時並沒有好好封死毒物，才導致一大片土地發黑，吳奶奶的高麗菜都被毒死了……他前幾天連忙自願當義工，將那片土地剷除乾淨，為了怕影響到其他作物，索性將整塊花圃的土壤全數置換，還在管委會面前當了一回慷慨之徒，錢他出，由他全權處理。

現在那塊地空著，因為不確定是否有毒物殘留，近來警方因為吳奶奶的案子依舊頻繁出入，他必須低調。

毒物他已經取回家了，就封在保險箱裡，其實他極其不願放在家中，家裡不該留下任何痕跡。

但事情演變成這樣，他也不能讓它留在土裡，引起任何人的注意。

關鍵是——是誰發現高麗菜下的毒物？挖出了它，還拿去毒死了奶奶？

這件事讓他如履薄冰，每天都輾轉難眠，想著有個人知道他埋藏物品、知道這瓶藥物的作用，就會令他心底發寒。

但這件事，並不會延遲他的計畫。

眉間起了深紋，他心煩意亂地嘖了幾聲，前幾分鐘的好心情瞬間消失，煩躁地清洗完自己的餐具並擦乾後，再好整以暇地收回書房的櫃子中，不讓外頭留下一絲痕跡。

換好衣服拿過公事包，將書房裡每個櫃子都確認上鎖，離開書房前，他瞥了一眼牆上的掛曆。

這個週日，用紅色的筆畫了一個圈，結束日。

在門邊彎身用鞋拔穿著鞋子時，總會看見鞋櫃上的照片，上面是十年前的結婚照，照片裡的他與妻子都很年輕，笑得很幸福……

他抱著她，低著頭的她巧笑倩兮，笑得一臉嬌羞幸福，而仰頭看著她的他，也是滿臉幸福。

只可惜，時過境遷。

冷冷地看著照片，廖時予別開視線地離開了家門。

她現在看著的，只怕是另一個男人了吧。

他按下電梯。妻子以為他就是個呆傻只會窩在研究室裡的科學家嗎？他們之間早就變質了，分房至少三年，這三年都沒有碰過彼此；而妻子這半年來打扮得越來越入時，還去做了微整型讓自己更年輕，然後幾個加班的夜晚，其實都是跟那個合夥人在一起。

他並非危言聳聽，一切均是親眼所見。

他們一同乘坐那個男人的車子，有說有笑地進入酒店中，他當然知道那個男人是妻子的事業夥伴，重要的合夥人。

叮，電梯在七樓停了下來，廖時予瞥了一眼數字，有一秒的緊張，但旋即想到今天是週二，學生應該在上課……不會是她，不會是她。

「咦？廖先生！早啊！」輕快的聲音響起，妙齡少女走入了電梯，熱情地打著招呼。

是她。廖時予的心沉了下去。

「早……筱月，妳怎麼沒去上課？」今天又不是假日？他都已經十點出門了，還能遇上她？

「跟學校請假，今天有些物業的事要處理。」高中女孩穿著輕便，今天穿著吊帶褲，更添了活力與甜美，「您也知道，我搬到B棟了。」

「嗯……」廖時予笑著，肌肉依舊僵硬。

筱月，原本住在H棟，誰知道吳奶奶臨死前竟然把兒女們覬覦的B棟套房借給了這個高中女孩暫住，所有人都始料未及，或許是心疼這女孩沒有父母陪伴，隻身一人在外吧！

女孩不必付任何房租，除了電費之外其他都一起送了，於是這個女孩便搬到了B棟七樓。

她是他介意的存在，因為她……是第一個注意到高麗菜變黑的人；當時他用病蟲害的理由敷衍過去，希望這個高中生不會再去深究。

「廖先生這麼晚上班啊？之前上學時還會看見您耶！」熱情的筱月總是會話家常。

「嗯，我的研究室倒沒有一定的時間，只要不妨礙研究都行。」廖時予略帶敷衍地說著。

「原來……」一邊談著，電梯抵達一樓，他們雙雙走了出去。

筱月是隻身住在外面的高中生，東西本來就不多，所以搬得很快。吳奶奶留下的B棟套房比她原本的房間還大，她就跟著廖時予一道兒走，絮絮叨叨地說著多出的空間想去添個家具。

「啊！」經過中庭時，她突然啊了一聲，快步地走到花圃那兒去，「怎麼全部挖空了！」

廖時予暗暗握拳，她為什麼非要注意這件事？

「是啊，我打算重新整理……因為不確定是什麼病蟲害，也沒時間查，乾脆就挖空、清洗乾淨，再重新填土種植好了！」廖時予冷靜地回答。

「好可惜……那是吳奶奶種的菜呢！」筱月一臉惋惜，「您有把土留下來，化驗一下裡面是什麼蟲害嗎？」

廖時予一愣，「沒……我說了沒時間，直接替換掉就好了！」

「是喔……」筱月露出一臉懷疑，「我以為您會想知道耶，您不是科學家嗎？」

廖時予努力地維持笑容，「我不是植物系的啊，這非我領域。」他四兩撥千金地說著，「我只是想趕緊恢復原狀，也算是紀念吳奶奶。」

「嗯！」筱月緩緩點了點頭，「是啊，奶奶最喜歡在這裡種東西了，只可惜……」

一邊說，她邊抬頭看向H棟的方向。

「人已經走了，她如果知道妳這麼想念她，也會很開心的。」廖時予根本言不由衷。

「我本來期待李爺爺能搬進來的，畢竟他們在最後的人生中互相喜歡。」筱月感同深受地說著，「本來都要結婚的說，誰也沒想到會出這種事。」

嗯哼，廖時予急忙想離開，他不想再與筱月多說半個字。「那個筱月，我先……」

「幸好廖先生很幸福呢！」筱月話鋒一轉，突然回頭看向他，「我聽說你們今年結婚十週年了呢！」

廖時予覺得心頭叩咚一聲，像被人敲擊似的。

十年，是啊，這十年跟夢一樣，早知道現在是這樣，就不該開始。

「妳怎麼……知道？」這高中女生未免也知道太多了！

「噢，你們不是新婚就住這兒嗎？大家都會說啊！」筱月腳跟一旋，跟著往大門走去，「我聽張阿姨說，你們結婚那幾天她剛好生孩子，她孩子眼看著就要十歲了啊！不是就十年了。」

女人就是碎嘴、八卦！廖時予在心裡低咒著，「嗯，對，快十年了。」

「有想好要怎麼慶祝嗎？」女孩雙眼閃閃發光的。

「慶祝？」廖時予差點沒笑出來，慶祝什麼？她要能記得他們的結婚紀念日就要偷笑了吧？「都老夫老妻了，沒有什麼必要了吧？」

「NONONO，不能這樣啊，要一直維持激情跟浪漫，才會走得長久嘛！」筱月一副人小鬼大的樣子，「我看廖太太都好忙啊，常很晚回家，這樣子遇到紀念日時，就更要有儀式感了！」

廖時予腦海浮現屋內那個紅圈，這週日，正是他的生日與他們的結婚紀念日。

D-DAY，他早就想好一個完美的慶祝計畫了。

「點點！點點……」

臨出大門時，瞧見管理員林伯正在喊著，手裡的狗碗裝滿了香味四溢的罐頭肉。

「林伯，點點還沒找到啊？」筱月即刻上前關切詢問。

「沒啊！牠就算不是我養的，也總是待在這裡啊，怎麼說不見就不見！」林伯餵一隻黑色的流浪狗好些日子了，狗兒身上有白點，所以稱為點點。「我實在很擔心！」

「沒關係，牠在這裡這麼久，一定會回來的！」筱月為林伯加油打氣。

說什麼沒根據的話，一定會回來？廖時予在心中冷笑。

他的車子就停在大門斜對面，千百個不願意的情況下，廖時予還是強迫自己開口，「筱月，妳要去哪裡？順路的話我載妳一程？」

「啊！不必不必，我買個東西，等等我自己去就好了！」筱月客氣地搖搖手，往前走去，「路上小心喔！」

「妳也是！」廖時予微笑地跟她道別，當筱月一轉身時，他的笑容便斂了起來。

煩人的女孩，的確相當漂亮，但他現在很厭惡她問一堆問題的模樣。

還反問他為什麼不好奇土壤怎麼了？這句話讓他心神不寧，他似乎沒有考慮到這點，如果最後被起疑了怎麼辦？

一切要合乎常理啊，他必須檢視一切，務求合情合理。

打開車門要坐進去時，瞥見了雨刷上夾著張紙，廖時予狐疑地抽起，這是他們付費的月租停車位，不需要付費的……啊，不是繳費單，是張卡片。

隨意擱到了車前方，上面連名字都沒有，十之八九是廣告宣傳，現在的人真有錢，廣告傳單還要用信封，成本真高。

車子朝研究室去，研究室該往北走，但他現在車子卻是往南開。他們社區附近也有座小山，經過那附近的荒地時，他略略瞥了眼，看起來沒有什麼變化。林伯有本事就找到這兒來，他便會找到苦尋不著的點點。

車子回到大馬路上，這條路會經過妻子的公司，再開二十分鐘後，便會抵達他的研究單位。

昨天，他五點就停在妻子公司的對面，看著說要加班的她，開車載著那個男人，在七點時離開；他們到附近吃了便飯，席間有說有笑著，一直到八點半，喝了點小酒的妻子把鑰匙交給那個男人，由他開車，他們一路前往他們之前去過的那間酒店。

不知不覺中，握著方向盤的手變緊，廖時予察覺到自己的憤怒，他趕忙鬆了鬆手，用一種懊悔的神色看著後照鏡裡的自己。

「做什麼呢？沒必要生氣的啊！」他調整了後照鏡，謹慎地對自己說，「她把你當傻子，你就要讓她知道厲害啊！氣什麼？」

深吸了幾口氣，他告訴自己沒關係，慢慢來，只要有耐心，什麼都不必怕，接著鬆開安全帶準備下車。

臨下車前，眼尾瞥到了那張宣傳單，不忘隨手帶下車要丟掉。

車子嗶嗶鎖上，他在地下二樓從容地往電梯走去，好奇地打開米黃色的信封、抽出卡片，好奇什麼樣的廣告，需要這麼煞費苦心的耗成本——咦！

廖時予戛然止步，捏著卡片的手微顫，不可思議地瞪大眼，拿起卡片重複一再地端詳著。

上面是打字體，印著不該有人知道的文字——

「我廖時予願意一輩子愛護程佩茗，相信她、支持她，對她此生不離不棄，這一輩子就只愛她一人，凡事以她為主，當她最親密的朋友、最棒的老公。」

這是他與妻子的結婚誓詞！

誰！

＊＊＊

身材火辣的女孩穿著緊身T恤，主動打開了後車廂，抱過一整箱的物品。

「季婷，這很重的！我再分批拿上去就好了！」駕駛匆匆下車，趕緊喚著。

「師母，沒事的，我有在健身，這重量對我來說小意思！」女孩輕而易舉地抱起箱子，「麻煩您幫我把那袋也放上箱子吧！」

「不不，其他的我來拿。」程佩茗滿是謝意，「真是麻煩妳，還讓妳幫我送東西回來！」

「小事！」季婷燦爛地笑著。

程佩茗趕緊把東西拿妥，還抱過了一個材積大的圓筒盒，鎖上車後便小跑步地衝到電梯那兒，先按下按鈕，再回頭不安地看向抱著沉重箱子的女孩，總覺得那箱子太重，不該讓一個女孩子抱。

「別看了！師母，我真的沒事。」季婷再三保證，這重量對她來說是小菜一碟。

「唉，謝謝妳！」程佩茗只知道拗不過這年輕人，季婷總是活力旺盛。

她是丈夫的學生，也是研究助理，今天找她出來是有事相商，順便去買些物品，之後她想先把東西搬回家、再載女孩回研究單位，女孩便主動幫忙。

季婷之前就常來家裡，不是送文件就是拿東西的，她知道丈夫除了研究的事外，其他瑣事都不擅處理，也是多虧了這個學生打理。

電梯抵達一樓時，門開了，外頭站了一個高中女孩。

「嗨。」筱月看向季婷，再看向程佩茗，「廖太太好。」

「筱月，放學啦！」程佩茗禮貌地頷首。

「好多東西啊，我來幫忙吧！」筱月主動伸手，拿過了程佩茗右手的禮盒。

「不必，我自己可……」程佩茗還沒說完，圓筒盒輕易地被筱月截走，因為東西著實太多，她也快拿不動了，「謝謝！」

「今天好早，我好像還沒在這時間遇到您耶！」

「我只是去買東西，先拿回來而已。」程佩茗看著電梯，心裡咕噥著怎麼不快些，她不太喜歡筱月這個新鄰居。

雖然她只是高中生，又很漂亮，但說不上來……她就是很在意這個女孩，總覺得，她每次說話都話中有話。

好不容易到了家門口，程佩茗先騰出手開門，讓季婷抱東西進去，還交代著鞋不必脫，抱那麼沉的東西哪有時間脫鞋啊！

「好正的女生喔，秘書？」筱月漫不經心問，「我常看見她呢！」

「噢，是，她是我丈夫的助理。」程佩茗把手上的東西擱到玄關地上，回身接過筱月手上的圓桶禮盒，「謝謝妳……對了，如果妳遇到我丈夫，千萬不要說今天在這裡見到季婷……就是剛剛那助理的事。」

筱月微愣，滿臉狐疑，「喔……好！」

「拜託了，我不想……讓他覺得我公器私用，季婷也只是順道幫我拿東西上來而已。」程佩茗謅了個理由，因為這女孩眼底盈滿懷疑。

「沒問題，我不會說的！保密！」筱月可愛地在脣上做一個拉拉鏈的姿態，「只不過……妳好放心喔！」

準備要送客的程佩茗一愣，「什麼？」

「一般如果丈夫跟這麼火辣年輕的助理在一起，應該都會很擔心的啊！」筱月說得稀鬆平常，「D棟的沈太太，就很不喜歡她先生跟我說話。」

程佩茗抱著禮盒的手略緊，微斂了笑容，用銳利的眼神看著女孩。

「因為我信任我丈夫，我不會去想那些事情，季婷是他的得意門生，自然也是他的得力助手，我感謝她都來不及了。」程佩茗冷冷地笑著，「當然跟做人也有關係，如果平常就是那種很愛八卦，或是跟人沒距離的類型，我想心再大的妻子也無法寬容。」

她覺得筱月就是這樣的女孩，那美麗的容顏，總是裝無辜的神態，都讓她覺得非常非常可疑。

話裡拐著彎在講筱月，但她卻不怎麼在意，只是越過程佩茗往裡看。

「我好像打擾太久了，再見。」她沒頭沒尾地說完，音量還降到最低，下一秒轉身就離開。

程佩茗錯愕不已，連句再見都來不及說，目送著高中生離去，滿心不爽與莫名其妙，脫了鞋朝裡頭走去。

最近筱月也很常找時予說話，聽著管理員或其他人跟她提過這件事，時予也變得很在意筱月，這週就問了幾次；年輕貌美當然是重點，但是那女孩無緣無故纏著廖時予做什麼？

才要轉身進入儲藏室的程佩茗突然止步，她頓了一頓，選擇往廚房去。

「師母！」季婷匆匆步出，左顧右盼，「我把東西放好了！」

「好，謝謝！要不要喝一點飲料？」程佩茗打開冰箱，看看冰箱裡有什麼。

季婷把玄關的東西一起拿上手，「不必了，我們趕緊把東西放一放吧，我五點得回研究室，有線上會議要開！」

「啊！好好！」程佩茗聞聲，趕緊關上冰箱，上前接過東西，將東西歸位。

兩個女人把買回來的東西擱好後，便急著離開，季婷還不忘拿抹布把她踩進室裡的腳印擦掉，乖巧機靈得令人喜愛。

「五點還要開會，跟著時予這種研究狂也是辛苦妳了。」下電梯時，程佩茗溫柔地說。

「還好，都是研究喜歡的東西嘛！」季婷笑著，順手喬了喬背包，程佩茗望著她的背包，若有所思。「大家都辛苦啊，師母不也是要回公司加班？」

「呃……對，也不是加班，就是一些應酬的飯局。」程佩茗回神，說得有點尷尬。「我就像廖時予，是一種主管，總是要跟合夥人或是下屬們吃個飯，聯繫一下感情。」

「哦……」季婷似懂非懂地點點頭，兩個女人都笑得有些尷尬。

車子再度駛離社區，在離開時程佩茗刻意跟管理員打個招呼，才發現筱月也站在管理室外，拿著一個狗碗喊著點點的名字。

最近又纏上了管理員林伯嗎？那高中女孩像是想跟世界交好似的。

「季婷，今天說的那件事，就拜託妳了。」

季婷雙眼閃過光亮，「沒問題的，師母。」

＊＊＊

廖時予坐在沙發上，雙手互握著，不時看著腕上的手錶，斜對面的茶几上是一組雪白鑲銀邊的咖啡杯，裡面有未竟的咖啡。

不急……他要有耐心，今天是週末，他確定妻子在家，週末晚上她喜歡泡澡，勢必搭配紅酒。

那木箱子裡的每一支紅酒，他都為她準備好了。

用極細的針筒，穿過軟木塞，將改良過的藥注射進去……廖時予沉著眼色，依舊略顯緊張，即使藥物屍檢驗不出來、即使妻子會以心臟驟停的方式死去，沒有人會懷疑到他身上，但他還是……沒見到屍體就無法心安。

看向一旁的手機，他滑開與妻子的對話視窗，下方的訊息早已打好，就等著九點半時發送出去：『我要進行研究，會關機到半夜。』

這是他的常態，關機時都會先通知妻子，這也將成為他有力的不在場證明。

右上方的時間跳到了九點半，他毫不猶豫地按下傳送鈕後，將手機關閉。

「呼……」他向後靠上椅背，吁了一口氣，看上去很是疲憊。

要設計一場完美的謀殺，比研發那藥物還要累人……雖說毒藥是他研究時意外產生的產品，但為了隱瞞製造出這種東西也是煞費苦心，接著他想到完美的謀殺，解決掉早已出軌的妻子。

那條黑狗是第一個實驗體，牠死得很痛苦，也促進了他改良的依據，管理員最近沒有再繼續找那條狗了，想到他為了一條流浪狗這麼認真，也是出乎他意料；第二個令他放不下心的意外是吳奶奶，她是被初代毒藥毒死的，至今他都不知道是誰挖出了那瓶藥、毒死吳奶奶再放回去的，這是他的隱憂。

但他如果去調監視器就太明顯了，警方的注意力放在吳奶奶那棟的監視器，明天過後會是他家吧！就讓中庭監視器度過一個月的時間，影像便會重複被洗掉……到時他再來慢慢找尋是誰吧。

水晶杯鏗鏘聲傳來，他倏地睜眼，坐直身子看著研究室裡走來的曼妙女子。

「教授。」季婷只穿著性感內衣，端著兩杯紅酒出來。

廖時予看著那呼之欲出的雙峰，以及若隱若現的胴體，不由得揚起了微笑，朝她伸出了手。

「來！」

季婷開心地直接坐到他腿上，遞給他紅酒杯，眉目流轉著情趣，在飲酒前先給了他一個熱烈的吻。

大手伸入睡衣裡上下其手，有這滑嫩年輕的身體，他怎麼還會再想去碰程佩茗那女人？

「今天怎麼這麼熱情？」他仰著頭，舔著季婷的唇。

「提早慶祝你生日快樂啊！」季婷嬌媚地看著他，「明天你又不可能跟我過！」

廖時予蹙眉，「為什麼不可能……噢，妳是怕她要幫我慶生嗎？」

她不會的，因為她就快變成一具屍體了。

廖時予微笑寵溺地看著年輕的情人，他的學生與助理，謀殺妻子的事他當然不會跟任何人說，這種事只有他一個人知道，才不會出現任何紕漏。

「嗯……我只是猜啦，反正我也知道，我是沒辦法在正日跟你過節的。」季婷盡顯無奈失望。

廖時予什麼都沒回答，只是激動地再度吻上了她，他很想對季婷說，只要再忍一下，他們就可以光明正大在一起了……但他不能！他必須忍，要等到擺脫所有嫌疑、等到妻子火化、等到拿到遺產之後再安排！

吻著廖時予的季婷心裡自然不是滋味，跟老師在一起這麼多年，從未在正日度過情人節或是任何一個生日，但這就是小三的處境，沒有辦法。

而且她又身為老師的助理，必須跟正宮認識、相處，所以師母的請託，她也必須面不改色地完成——儘管她不願意。

廖時予接過她手上的紅酒，與之擊杯，水晶杯發出美好的聲響。

「敬我們。」他愛憐地看著女孩。

「生日快樂。」她嬌羞地說著。

兩人啜飲紅酒，廖時予略挑了眉，用一種讚許的眼神看向她。「妳什麼時候這麼有挑酒的眼光了？」

「跟我看男人的眼光一樣好吧？」季婷得意地笑著，在廖時予再度要吻上她前，刻意從他腿上滑下，硬是讓他撲了個空。

婀娜地朝向浴室走去，刻意地擺動腰肢與臀部，不時回頭挑逗著他。

「我要先去洗個澡……」她勾起微笑，「如果你也想要洗的話……」

廖時予失笑出聲，立即站了起身，開始解開襯衫鈕子，「馬上就來。」

季婷笑了起來，她激得他欲望勃發，走到隔壁的辦公室去，隨手將高腳杯擱在桌上，脫下那半透明的睡衣，還刻意往地上扔去，就怕廖時予看不見似的。

廖時予飛快地脫著衣服，今晚他必定熱情如火，因為他就快自由了！想著一邊擁抱火辣的情人，一邊迎接即將到來的自由，怎麼能不令人狂喜？

他不會後悔，他沒有錯，外遇的不只是他，那女人也對不起他啊！對，是她先對不起他的。

將杯子刻意擺到季婷的杯子邊，雙雙對對的感覺真的很好，只是他只想跟季婷成為一對，而不是程佩茗。

走進浴室前，他先確認研究室都已鎖好，實驗室裡的道具也已經做好場布，只要有緊急狀況，他跟季婷都能在第一時間內佯裝他們在實驗室裡研究的模樣。

現在，他要先去研究一下季婷的身體了……咦？

在進入浴室前，他瞥見辦公桌上一只莫名但熟悉的淺黃色信封，被壓在酒瓶以下；他退了兩步，想起了前幾日夾在他雨刷上的信封，一樣的顏色與大小，但是上次那封他丟了啊！

迅速地移開酒瓶拿起信封，連質地都相同，他不安地飛快取出，赫見裡頭亦是一模一樣的內容——他與妻子的結婚誓詞！

該死！他嚇得捏起了卡片，信封上沒有任何字，難道是直接投遞進他研究室的？

「季婷！」他走到浴室門邊，「桌上這個信封是哪裡來的？」

季婷瞥了眼，狐疑地蹙眉，「我不知道……就在信封堆裡，怎麼了嗎？」

廖時予欲言又止，看著季婷上前想拿過信紙，他反而縮手，並不想讓情人看見當年的結婚誓詞。

女孩已經脫個精光，挑逗著他共浴，廖時予將紙卡藏到身後，說了句等等，先回到桌邊把信封與卡片處理掉。

打開抽屜，他將那紙卡埋在了一疊資料的最下方，等無人時再燒毀吧！

隨手拿過了紅酒再喝一口，酒絕對是助興良方！「妳這次挑的酒真的很棒！是誰介紹的？」

「呵呵，你介紹的啊！」浴室裡傳來女孩的迴音。「這不就你那天在電腦上查的？我還看見你寫在便條紙上呢！說是好酒！」

什麼？廖時予心頭一震！

眼尾餘光，瞥見了剛剛他移動的那支酒瓶……緩緩地將瓶子轉了過來。

熟悉的酒標，是那支九七年的勃根地！

他的確是在研究室查詢這支酒，刻意介紹給程佩茗，就是為了讓她親自買入，難道季婷也去買了同款酒？

這下糟了！他與命案之間不能有任何連結，如果他這裡與妻子那邊都有這瓶酒的話——這女孩好心辦壞事了！

「我……」他才要開口，心臟突然一緊！「唔……」

伸手掐住心臟的同時，浴室裡同時傳來了砰的倒地聲，廖時予倏地跪倒在地，一隻手仍掙扎地扣著桌子邊緣，瞪大眼睛看著桌上那對酒杯……不可能，不可能……

無色無味，中毒後會呈現心藏驟停的猝死，就算屍檢也檢查不出，這是只有他知道的毒藥，世界上只有他注射的那六支酒裡會有……只有……

＊＊＊

鏘，玻璃杯互擊，程佩茗開心地飲下了一整杯的開水。「真是謝謝你了！」

「哪兒的話！小事！」男人同樣高興地看著眼前的布置，也有一種成就感。「明天廖時予來，一定會非常驚喜！」

這是某飯店的宴會廳，他陪程佩茗挑了好幾間飯店才找到最適合的地方，要為廖時予慶祝生日、與他們夫妻的十週年紀念日；程佩茗這陣子找人幫忙設計活動、現場布置等等，還大手筆直接包了兩天宴會廳，今天大家緊趕著布置。

「我真的希望能給他驚喜，我請了好多人，都拜託大家瞞著他。」程佩茗看著舞台上的十週年字樣，滿心地歡喜，「一切就等明天了！」

「他應該都沒發現吧？」

「沒有！他現在在研究室裡，要做研究，都關機了呢！」程佩茗搖搖手機，畫面是剛剛的對話視窗，「我已經跟他助理說好了，明天晚上拐他過來，全場到時再給他一個大驚喜！」

「喔，那個漂亮的年輕研究生啊！」Bob對季婷很有印象，因為身材實在太好了。

「對啊，她是時予的得力助手，他也對她很信任，由她帶他來，他才不會懷疑！」程佩茗話說至此，沉吟了幾秒，「只是她……手腳有點不太乾淨。」

「什麼？」Bob嚇了一跳，「她偷妳東西？」

「唉，也不是什麼大事，我只能想說是年輕人一時想錯！」程佩茗搖著杯子裡的水，「那天我不是找她出來講這個驚喜計畫，順道帶她一起去買東西？後來她也幫我把東西搬回家時……我注意到她偷了一瓶酒。」

當時正要進入儲藏室的她瞧見了，選擇不戳破地先到廚房，假裝問季婷要喝點什麼。

Bob立即皺眉，「這不太好，就算妳不介意，這樣偷酒也太明目張膽了，就不怕妳發現？」

「我那時在跟我家樓下的鄰居說話，我是真沒想到她會做這種事！」程佩茗有點無奈，「她也不笨，從酒櫃中隨便抽一支填進空格裡，以為我不會發現。」

「那妳怎麼發現的？」

「因為那個鄰居突然打斷了聊天，我提早進屋，親眼看見她把酒放進自己的包包裡。」程佩茗聳個肩，嘆口氣，「我也不想為這種事去跟廖時予說，如果她真的是得力助手，那支酒就算我謝謝她這些年幫助時予了吧？」

「但這還是偷竊啊……會不會在妳跟廖時予都沒注意的地方，她偷了更多東西呢？」

「不知道……或許吧！」程佩茗露出微笑，「我現在才不想想這個，我只希望明天的宴會可以成功舉辦……然後我跟時予可以重新開始。」

「會的！他要是知道妳這麼用心，絕對會重燃愛火的！」Bob也替她加油打氣。

「我這一年來可是為了他努力把自己變年輕了，我們之前太習慣了，都失去了激情，我必須是主動的那個人……總是我主動的嘛！」程佩茗緊緊握著玻璃杯，「畢竟，我們還有好長一段時日要走呢！」

Bob望著程佩茗，有些羨慕廖時予，「妳真的很愛他。」

「說什麼，他是我老公啊，我們結婚時說過誓言的。」程佩茗闔上雙眼，都能記得當年婚禮的承諾。

「我程佩茗願意一輩子愛重廖時予，相信他、支持他，對他此生不離不棄，這一輩子就只愛他一人，凡事以他為主，當他最親密的朋友、最棒的妻子。」

不離，不棄。

＊＊＊

工人將土填平後壓實，上頭的草坪看起來綠意盎然，雖然這次沒有栽種任何花叢，但這樣綠油油一片看上去也相當舒適。

「聽說了嗎？那個廖先生跟小三一起死在研究室耶！被發現時身上一絲不掛！」幾個太太坐在樓下中庭看著工人鋪設新花圃，一邊八卦，「而且那天還是廖先生他們結婚十週年！」

「哎唷，不只這個，廖太太還包下了飯店的宴會廳，邀請一堆人要給她老公驚喜，慶生加紀念日，結果……」另一個太太搖了搖頭，「要我說啊，這可以說是報應！」

「就是！這麼好的太太，還在外面找小三，最後莫名其妙猝死，死得好！」

筱月站在一旁看著工人做最後的修整，耳邊聽著婆婆媽媽們的八卦，嘴角永遠鑲著淡淡的笑意。

B棟今天的搬家工人忙進忙出，程佩茗帶著憔悴的臉看著即將淨空的屋子，搬家工人正舉起包裹嚴實的結婚紀念照，她看著那幅照片，卻悲從中來。

「等等，那個直接丟了吧！」她突然開口。

工人一愣，「丟了？」

「對，那麼大太麻煩了，我不想搬走，如果你們想要框可以留下，剩下就丟了吧！」程佩茗苦笑著，這種東西留著幹嘛？

背著她搞外遇的男人，還有什麼好留戀的？他們全裸猝死在研究室中，這對她而言簡直是奇恥大辱！更可笑的是，種種跡象都顯示，他們在一起至少三年以上了……而她對丈夫或是季婷，卻是如此地信任。

那天她還對筱月說，她信任季婷的人品？現在看起來，自己根本是個笑話。

「哇，這是好酒呢！」另一名工人將木箱子抱上桌面，準備封箱，「太太好品味。」

「嗯……對，聽說是好酒。」程佩茗凝視著那箱酒，那是廖時予推薦給她的，也是他跟那女人死前共飲的——「那個我也不要了！送你吧！」

「真的嗎？」工人禮貌地頷首，「謝謝！」

程佩茗原本以為還要推託一會兒，倒沒想到這工人接受得那麼爽快。

現在的她，不想再看到跟廖時予有關的任何東西了！他的猝死很意外，對她來說更是驚嚇，尤其跟著揭露了他早有外遇的實情。

屍檢找不到死因，他與季婷都是心肌梗塞，即便警方有極大的疑慮，但還是找不到任何可疑證據。

甚至覺得或許因為他們平時研究毒物的，不小心在實驗過程中共同接觸到了什麼不知名的毒藥，在飲酒後發作也不一定。

總之，找不到證據的情況下，也只能用心肌梗塞結案。

她只感到深深的悲傷，想起去微整型的自己，規劃驚喜派對的自己，一切都是為了這場婚姻、為了那個男人、為了當初不離不棄的誓言，結果認真對待誓言的也只有她自己。

她究竟多可悲啊？

「程佩茗！」Bob意思意思地敲了敲門，大方地從敞開的家門走進來，「都搬好了嗎？」

「差不多了！」她望著多年好友，勉強擠出一抹笑，「我不是說了別過來了？」

「怎麼可能不過來？大家夥兒都在新居那邊等妳，要幫妳搬家！」他露出溫暖的笑容。「然後晚上我們就在妳新家開趴踢，不醉不歸！」

程佩茗失聲而笑，笑著笑著淚水卻滑了下來。

「別哭……喂喂，別哭啊！」Bob尷尬上前，拍拍她的肩，「大家都會陪著妳度過的！我們大家都在！」

程佩茗止不住淚，咬著唇點點頭，心中的感動無以名狀。

「好！就不醉不……唉呀！」她趕緊張望，剛剛那個抱著酒的工人呢？「我剛才把一箱上好的勃根地送人！」

「怕什麼！妳以為大家家裡沒酒是不是？」

程佩茗望著他，終於還是笑了起來，儘管笑容裡仍舊帶著悲傷，但她相信時間終歸會沖淡一切。

為不值得的人傷心，也不宜太久對吧？

抱著酒的工人一路走出了B棟，並沒有將酒送上搬家公司的車，卻是筆直地走向了筱月。

「廖太太不要了，妳幫我保管一下好嗎？」

筱月聞聲，略為遲疑地回眸，看向搬家公司的工人，不由得皺起眉。

「你是有幾份工作？我上次看你是房仲，這次又是……工人？」她沉下眼色。

「黃先生嗎？」

「總是要糊口飯吃啊！」男人將木箱擱上她身後的椅子，「我搬回家就過來拿，妳得幫我收好。」

筱月挑高了眉。「這麼危險的東西，讓我保管好嗎？」

男人只是微微一笑，略抬高了下巴，鴨舌帽下是張俊美的臉龐。

「再危險……也沒有妳危險吧？」

「我只是在見證人們的愛情誓言而已。」筱月幽幽地正首，看著鋪好的花圃，「結果薄弱得不堪一擊呢！」

工人頷了首，向後退去，「廖太太可能打算追回這箱酒，就交給妳處置了！」

咦？筱月緊張地想喊住他，但工人卻極快地離開，她想高聲喊卻不敢，只能瞪著椅子上的那箱酒。

輕輕揭開上蓋，箱子裡有五瓶酒，不見的那瓶自然是……廖先生親自品嘗了。

「廖太太，妳今天就要搬了嗎？」

遠遠地，B棟電梯那兒傳來了聲音，看來廖太太下樓了。

筱月蓋上了木箱蓋子，沉吟著看向遠方，究竟要不要讓廖先生的計畫成功呢？

看著人影從樹後隱隱現身，筱月突然露出微笑，從容地抱起那木箱，背對著程佩茗走出的方向，朝著反方向走去。

「哎呀，妳要節哀啊！那種男人就算了！」
「好好過日子吧！」

義氣

好兄弟間的義氣與羈絆能堅強到什麼地步？

身段窈窕性感的女人抱著一大箱重得要命的物品，才走出電梯，就看見在她家門口鬼鬼祟祟的身影。

「喂！有事嗎？」

女孩嚇得轉過頭，看上去高中生年紀，是個相當漂亮的女孩——她知道這個女生，無父無母無親人，是單獨住在B棟的高中生。社區這麼大她怎可能見過？她真正注意到她，是因為H棟有個吳奶奶疑似被親生孩子下毒，死亡後居然將自己購置的套房免費借這個女孩住到學業完成呢！

「妳是……那什麼筱月吧？」這名字太好記，很難不記得。

「啊，妳好！」筱月禮貌地行禮，「啊，好多東西，我幫妳拿一下吧？」

女人沒有拒絕，讓女孩接過她手裡抱著的箱子，「厚……好重，謝謝妳！」

女人這才把手上的東西放下，留意到門上的小袋子。

「新年快樂！」筱月趕緊解釋，「我做了點小餅乾，想說分享給大家吃。」

女人有幾分錯愕，然後才綻開笑顏，「喔！謝謝！」

果然是高中生啊，這麼天真爛漫，還做餅乾分給鄰里？而且她們不同棟耶！

開門後，女人將東西搬進屋裡，筱月非常懂禮節地站在門外，協助將重物一一遞進。

「那就……」她晃晃手裡的袋子，她還沒分完呢。

「啊，妳等等！我得謝謝妳的餅乾！」女人叫住她。

「咦？不必啦！」筱月連忙搖手，「我做這個不是要人家回報，只是小餅乾而已……」

「沒事啦，看我嘴巴多笨，我的意思是，我也想要分享好東西給妳啊！」女人趕緊招手，讓她在門外等著別走，轉身便進入屋內。

木門掩上，女人剛剛拿東西進去時也盡可能地遮掩，看來是重隱私的人。

但筱月也知道這個女人，因為她的身材實在太好了，凹凸有致，胸前豐滿，細腰翹臀，加上一雙長腿，任誰看了都過目難忘。

「我家也沒什麼好東西，但我覺得這個很好吃！」女人走了出來，遞過一個小盒子，裡頭是酒香巧克力。

「哇……謝謝！我叫筱月，姊姊怎麼稱呼？」

「我叫依依，我知道妳是筱月！社區名人耶！」

「哪有！」筱月有點羞赧，眼神卻一直被依依的手吸引，「妳的手好美喔！」纖長的手指，滿是鑽飾的凝膠美甲，還有腕間那支白色的名錶。

被讚美的依依得意地看著自己的雙手，「妳還小，又長得這麼漂亮，長大後要怎麼裝扮自己都沒問題！」

「那支錶是不是名牌的那個山茶花錶？」筱月豔羨地指了指。

「對喔！我男友送我的，真品！」依依臉上露出得意，立馬取下遞給筱月好好觀看。

「哇……」筱月又驚又喜地把玩著那有點沉重的錶，「咦？這時間……」她拿出手機看了看，再望向錶顯得疑惑，依依見狀接了錶，才發現她的錶停了！

「居然停了！沒電了嗎？」依依用力搖著，但指針不為所動。

這時電梯卻叮的一聲響起，依依神情變得謹慎，越過筱月觀察後方，從電梯走出的是兩個套著西裝外套的男人，一個平頭高大，一個中長髮而精瘦。

他們帶著幾分焦慮地直接朝左轉往這兒來，卻因看見筱月愣了一下。

「回來啦！」依依趕緊介紹，「喔，她是住在B棟的那個筱月！」

「啊……啊啊！那個高中生。」平頭男打量著筱月，果然他也知道。「我是依依的男友，叫耀中！這是我大哥。」

中長髮男人略瞥了她一眼便進屋，低語向依依交談，隱約中是問筱月為何在這邊，讓筱月有點尷尬。

「那我不打擾了！」筱月趕緊開口。

「嗯，再聊。」依依回身客套著，關上了大門。

筱月走回電梯前，結果電梯並沒停留，她淺笑著，看來再往上走到十六樓去好了，餅乾還沒發完呢！

「那個，筱月！」門突然一開，正要走上樓的她被耀中叫住，「想拜託妳一件事！」

他手裡抱著一個裝有禮袋的盒子，直接朝筱月手上掛。

「能不能先偷放在妳家？」他壓低了聲音，「這是要給依依的驚喜，但放在家裡她會知道，我再找時間跟妳拿？」

「喔……好！」筱月跟著緊張起來。

「加個好友？」他拿出手機，行動條碼都已開好了。

兩個人互加好友後，接著男人催促她快點上樓，像是怕被發現似地也趕緊回到家裡。

筱月看著手上的袋子，聳個肩後徒步上了十六樓，而十五樓的電梯此時傳來響亮的叮——

「警察！」

＊＊＊

蘇人宇站在陽台上往下望，社區是口字形，在高樓可以輕易看見社區外的馬路狀況，現在外頭有台車子停很久了，想來是辛苦的警察大人在蹲點吧？剛剛他們找上門卻無功而返，才會不情願地留守，希望他們能露出破綻。

「還在喔？」耀中推開陽台的門，「進來喝酒吧！」

「也真是辛苦了，應該叫些外送給他們。」蘇人宇笑著走進客廳，將門鎖好順帶拉上窗簾，不使外人有機會偷窺他們。

「他們都搜過了，還這麼不甘心？」

「因為查不到啊！」耀中挑了眉，一臉得意的模樣。

「不過我還是緊張了一下！」依依想起來還後怕，「你們前腳才剛進門，他們後腳就到了，那東西……」

「我給了那個女孩，我騙她說是要給妳的驚喜。」耀中抽著菸，「我有好好封住，希望她不會打開來。」

「應該不會吧，就一個挺單純的高中女生……她來得正是時候，不然我們還不知道要往哪兒藏！」蘇人宇倒是覺得天助他們。

「不必怕，我們行得正就好。」依依也吐出個煙圈，「我們在社區向來不惹事，還樂於助人，警衛林伯不是還幫我們說話，一直唸說警察認錯人了？」

耀中他們在社區經營兩年多，每一天都戰戰兢兢，「接下來就是按部就班，離開。」

「沒錯，我們下手前就已經上網賣屋了，也有不少人來看房，不會像急著逃亡的模樣！對所有人也都提過打算回老家去，我嫁雞隨雞。」依依挑高了眉，笑看著耀中，「只是在回去之前，我們要出國二度蜜月！」

耀中摟過她幸福地點頭，就是如此。

遠走高飛，徹底離開這裡，等警方抓到實質證據時，他們早就不在國內了！

抓過酒瓶倒酒，卻發現瓶子空了，依依即刻起身。「我再去開！」

「老大，敬你。」耀中舉起酒杯，與蘇人宇碰杯，「兄弟謝謝你的照顧。」

「說什麼呢！」他舉起僅剩的酒與之乾杯，一飲而盡。

他們是從小不打不識的朋友，雖然因為各自搬家曾經失聯過一陣子，但在一次幫派械鬥時重逢，始終非常照顧他，可以說沒有蘇人宇就沒有他的存在，情感比親兄弟還要親。

酒過幾巡，蘇人宇起身去洗手間路過廚房，他便看見迷人的背影還在努力地開酒瓶。

「我來我來！」他由後頭接過開瓶器時，輕輕觸及她的手。

依依回眸，只是淺笑地把開瓶器遞給他，在窄小的廚房走道往後退了一步，讓自己貼著牆；蘇人宇喉頭緊窒地側身閃過，依依那對豪乳，貼著牆的動作，他如果不小心一點，還是會碰上的。

蘇人宇俐落地開酒，依依就在後面看著，儘管兩人距離甚近，但卻沒有什麼曖昧流轉。

「怎麼啦？」耀中突然走到廚房門口，「開個酒也要勞煩我大哥？」

「我就不會一個人開啊……謝謝大哥。」她向蘇人宇道謝，喜孜孜地走向耀中。

蘇人宇笑著搖頭，悄悄吁了口氣……只要是個男人都會多看依依幾眼，但她是兄弟的馬子，他怎麼可能有非分之想？還常告誡其他兄弟，少打依依的主意。不過依依太外放，跟兄弟們都沒什麼距離，若他是耀中應該會覺得頭疼。

「最近不少人會來看房子，就要麻煩依依了。記住，一切要自然。」蘇人宇步出。

「我會的，沒問題。」依依說得自信滿滿。

「妳啊……」耀中看著她呼之欲出的雙峰，「換套衣服吧！不要人家來看房子也穿這樣！」

「為什麼不行，我身材好才能這樣穿啊！」她挑高了眉。

「要是出事的話怎麼辦？」耀中皺起眉。她的確不需要承擔他人的齷齪思想，但……

「你太小看我了吧？我是那種可以讓人動手動腳的人嗎？」

他當然知道依依不是省油的燈，但身為他的女人，他怎可能喜歡別的男人這樣看她？但在依依這兒醋海翻騰也沒用，因為她認為別人的注視是一種肯定。

只要他信任她，她愛的永遠是他，就根本不必擔心了。

「耀中說的也是為妳好，現在只怕節外生枝，別忘了一切低調。」蘇人宇用另一個角度勸說，「好好賣掉房子，帶著錢離開這裡。」

依依勉強地點頭，「說到錢，那個……」

「我有跟她交換聯繫方式了，妳記得不要提那個盒子的事，還有也多跟她交往，注意她的動向。」提起筱月，耀中謹慎得多，「至少不要臨時要拿回來時出狀況。」

「這沒問題！」依依勾起微笑，女孩們做朋友，何難之有呢！

＊＊＊

在依依挑好幾件簡單的飾品，想送給筱月前，筱月卻主動上門來，告訴她有個便宜服務又好的修錶管道；適逢晚餐時間，兩人便一同搭著電梯出去買晚餐。

「真的假的？這麼便宜？」

「因為是學生創業啊！是我同學自己在接案子。」筱月轉動了手上的手錶，「被他保養過的錶都很讚，連銀飾他都能幫忙保養。」

「不過，我這名牌，學生會不會壓力很大？」依依擔心的是弄壞了怎麼辦？

「警衛林伯也給他修過，他已經修過很多名錶了。」筱月微笑著說。

「很不錯耶，妳說在哪裡？」依依剛聽見地點時有點搞笑，「洗衣店？」

「因為他們家開洗衣店的啦！」筱月也跟著笑起來。

電梯的電燈突地一明一暗，有些許晃動，依依緊張得二話不說即刻抱住筱月，不安地看著石英數字持續下降。

「可能……電梯舊了？」筱月繃著身子，回勾著她滑嫩的手臂，眼角朝左一瞟——卻看見一個臉色死白的老奶奶站在鏡子裡，一張嘴就是噴湧而出的大量鮮血！

筱月即刻閉起雙眼，終於聽見抵達一樓的聲響。

「這電梯真的要換！好可怕！」依依簡直是逃出來的，筱月也僵硬地跟著步出。

「C棟的比較舊吧？」她尷尬地回著，「對了，我明天下午剛好會去那附近，要不我帶妳去？」

依依思考了一下，這是貴重物品，交給別人拿去保養也不太好……可是現在他們正在利用這個女高中生，還是把關係打好再說。

「好啊！我也要順便去SPA！怎麼約？」

「我跟妳約一點吧，我再傳地址給妳。」離開社區時，筱月不忘跟警衛打招呼。

「要出門啊……喔，張小姐，妳們一起啊？」林伯顯得驚訝，沒想到筱月跟C棟的張依依也認識，這位張小姐真是讓人目不轉睛的美女，尤其今天戴著誇張的白色髮圈，上頭有大朵的山茶花，在暮色中格外亮眼。

兩個女孩一路有說有笑地去買晚餐，社區外的黑暗處，卻有隻黑影繃著身子在那兒低鳴著。

汪！

筱月微愣，回眸瞥了眼，黑影中現身的是一隻渾身糜爛的大狗，一樣朝著她吠了聲：汪！

＊＊＊

蘇人宇拎著提袋離開耀中家，他們情同兄弟，有彼此家的鑰匙並不算什麼，只是難得週末，應該是看房子的熱門時間，依依居然說要去逛街做ＳＰＡ，真的令人頭疼。

他過來是陸續取走自己放在耀中這兒的東西，帶到秘密公寓去。

他在附近租了個小套房當作緊急預備處，萬一有事時可躲可撤，那是只有耀中跟他知道的地方。

警方疑心未消，他們還是得想些後路！蘇人宇乘電梯直抵地下停車場，這座電梯似乎真舊了，電燈最近閃爍得嚴重。

抵達地下室，一陣冷風襲來，讓蘇人宇打了個寒顫，他總覺得氛圍不對，走出時有些遲疑。

『小心……』身後突然傳來滄桑的聲音。『小……』

喝！蘇人宇倏地回頭，竟看見一個老婆婆站在他身後，伸出滿是皺紋的手要搭上他！

「哇！」他下意識地大叫，同時不遠處傳來了鑰匙落地聲——鏘！

他循聲看去，再緊張地正首看向婆……咦？蘇人宇愣然地看著眼前空無一人的停車場，剛剛那個老婆婆呢？這棟大樓有出過什麼事嗎？

他加快腳步決定離開這裡，但才繞到停著車的那條走道，就看見一個穿白色洋裝的女孩低著頭在那找東西……

「筱月？」蘇人宇趕忙上前。

筱月聞聲一抬頭，一臉快哭出來的神情，她今天化了妝，而頭髮還上了捲子，顯露出與年紀不相襯的成熟，但穿得非常漂亮，還低胸小露性感。

「蘇大哥？」她聲音有點哽咽。

「妳怎麼了？」蘇人宇關切地問道。

「我……我昨天幫陳先生搬東西時，好像弄丟了門禁卡，我回來找卻找不到！」

「妳不要急，先去申請一個臨時的，警衛又不是不認得妳？」他替她想著計畫。

筱月點了點頭，深呼吸平復心情，然後往手機瞥一眼，立即又陷入另一種恐慌。

「啊！糟糕！來不及了！大哥，你們的東西放在我家，有要再跟我拿，我現在要趕快去……」

蘇人宇一把拉住了慌亂的女孩，「不要急，妳要去哪裡？我送妳！」

「咦？真的嗎？我今天跟人有約，他說他是星探，想找我去拍戲。但我有點怕怕的，所以說想先聊聊，就約在咖啡廳。」筱月眨了眨眼。

蘇人宇立即擰眉，真的是不知世事的小朋友，星探？天曉得是不是騙人的伎倆？

「上車。」他直接把她拉往副駕駛座，「哥載妳去，順便幫妳把關！」

「咦？真的嗎？」筱月受寵若驚。

「當然，我看過的人至少比妳多。」還星探咧，蘇人宇忍住沒從鼻孔哼氣。

筱月再三道謝上了車，蘇人宇會出手幫忙的最大重點，自然還是筱月暫時不能出事，他們的東西可是寄放在這個女孩子家，她要是有個萬一，不就拿不回來了？

筱月繫好安全帶，還拿起了包裡的髮圈往頭上戴，順道理了理鬈髮，接著說剛找東西太熱，所以降下車窗想通風；蘇人宇都沒在管這些，他只顧著開車離開，警衛林伯認得他的車，微微一笑地頷首。

看著右邊車窗伸出的手，上頭的戒指跟雪白的手錶，以及頭上那誇張的髮圈……咦？張小姐搭蘇先生的車出門？奇怪，張小姐上午不是才開車出門嗎？她什麼時候回來的，沒紀錄啊！

是坐著蘇先生的車一道兒回來的嗎？林伯困惑著，但也沒放在心上。

蘇人宇依著筱月報的地址來到與「星探」相約的咖啡廳停妥時，才轉頭看向了女孩……頭上那麼大的髮箍，他一時眼花以為看見了依依。

「妳……這太誇張了，妳被依依傳染了嗎？」蘇人宇立即板起臉，「妳才幾歲？以原貌就好，濃妝豔抹只會讓人覺得妳輕浮。」

「咦？」筱月一臉無辜，「我想說有化妝比較美……」

「要適宜的妝。」蘇人宇嘆口氣，打量了一遍，「身上的飾品全都取下，口紅太紅擦掉……」

說著，蘇人宇回頭探身抽過面紙，筱月乖乖聽話照著做，取下所有飾物往包裡丟去，然後再抹去太紅的腮紅以及口紅，對著鏡子做最後的妝容整理。

最後，蘇人宇真的陪筱月進入咖啡廳，與星探「會談」。最後都不知道是誰被約談，沒多久星探便不耐煩地扔下個聯繫方式便離去了，但蘇人宇繼續訓話，筱月像個妹妹一樣，乖乖聽訓結束後，才敢開始吃蛋糕，然後聽著他與耀中的堅強情誼。

「對了，寄放在妳那邊的東西，再讓我們多藏幾天。」有意無意地，蘇人宇提起了禮盒。

「噢，噢噢，沒問題喔！」筱月立即點點頭，「依依姊的生日禮物嗎？」

「不是，就是個紀念物……紀念我們堅不可摧的友情！」蘇人宇略頓了頓，編了個理由。

「你們三個人的感情真的好好喔！」筱月好奇地捧著熱奶茶，「我之前還以為你是耀中哥的哥哥。」

「嗯？我是啊！」蘇人宇一臉理所當然，「我是他大哥。」

「我的意思是親生大哥啦！就……因為他們是情侶本來就是一對，可是他們對你像親人似的！」筱月一臉羨慕，「沒有任何隔閡。」

呵……蘇人宇笑了起來，「我跟耀中比親生的還親，我們沒有血緣，卻是真正的兄弟！遇到任何事情，我們都會為彼此兩肋插刀。」

「哇，好義氣耶！」小女孩驚呼著。

「義氣，是男人間最重要的東西！」蘇人宇深表贊同，「我們之間的情感羈絆，絕對是跨越血緣的！」

筱月托著腮，看著一臉泛著光輝的蘇人宇。

咖啡廳的員工在靠門口的落地窗邊專心煮著咖啡，他朝窗外望去可以看見對街的熱鬧，一家SPA店內走出婀娜的女人，緊身短裙，頭上戴著花俏的帽子髮圈，她抽起雨刷上的停車繳費單後，向送到門口的店員笑著道別，坐進車內後離去。

他再往右看向店內的那聽著大哥說話的高中女孩，她眼波流轉，悄悄地瞄向了他，突然起身朝櫃檯這邊走來

「需要點什麼？」他輕聲問著。

女孩認真地看著櫥窗裡的蛋糕，趨前一問：「黃先生，我需要你不要插手。」

「我從來不插手。」男子微微一笑，「真高興又見到妳，小姐這次要什麼呢？」

「我想要一塊信任的蛋糕。」

＊＊＊

耀中拎著一手啤酒跟滷味，愉快地來到秘密公寓，今天有兩個好消息要通知大哥，一個是警察沒盯得那麼緊了，第二件事是屋子簽約，正式售出！

經過大哥的車子時，他略摸了一下微溫的車蓋，看來大哥才剛回來啊！正要轉身，他卻戛然止步……重新再看了一次房車，留意到副駕駛座的擋風玻璃前，有一張塞在角落的衛生紙。

上面沾著大紅的口紅，那紅色相當眼熟啊……不是，重點是大哥有女人嗎？怎麼會有擦去口紅的衛生紙？都要離開了還這麼風流啊！等等要好好調侃一下大哥！他又好奇地從車窗往內看，副駕的椅子下，有一支山茶花白色手錶。

它掉在座位下較前面的位置，雪白的它在黑暗中醒目異常，依依也有一支，還是他送她的生日禮物……雖然這支名錶人人能擁有，但他又多看了眼那染有口紅的衛生紙，怎麼顏色就這麼像呢？

不，假設大哥真的有載依依，也不是什麼不得了的事吧？他在介意什麼？介意那支錶為什麼會落下嗎？

他整理情緒後上了樓，手停在門前數秒，突然間決定轉身下樓，即刻驅車返家，他不想帶著這樣的心情跟大哥喝酒！遇到事就要釐清，立刻搞清楚狀況才是！

離開前他抽起蘇人宇雨刷上的停車繳費單，這種小事向來都是他這個弟弟在處理的，只是到車上仔細看了那停車繳費單的地點時，突然一愣……這不是依依ＳＰＡ館那條街嗎？

那個日期……上週六，依依去做ＳＰＡ，所以推掉了兩個買家的看房！

攥緊了拳頭，他沒來由地不舒服，將繳費單拍下去塞回雨刷，不想讓大哥知道他來過，旋即開車離去！一路上不停地告訴自己不可能，但內心卻有另一股聲音提出一堆疑問，口紅色號可以是剛好、手錶可以說是巧合，但大哥為什麼會去ＳＰＡ館那條街啊！

回到社區時，警衛朝他頷首示意，本要開進地下室的耀中突然煞車——「林伯！問你一件事！上週六，有看到我女朋友出去嗎？」

「有啊！張小姐很早就出去了！」林伯點頭，「晚上才回來……啊，中午有回來過一次，應該是跟蘇先生一起回來的，那時我沒注意到！」

「跟我大哥？」耀中握著方向盤的手一緊。

「蘇先生進來時，我沒留意到車上有人，但是他們下午離開時我有看到，張小姐就頭上頂個大花髮圈嘛，手上不是那白色的大手錶，還有戒指什麼的，很難不認得！」林伯咯咯笑著，「後來晚上張小姐就開著她的車回來了，蘇先生倒沒有再回來！」

耀中笑不太出來，但極力地擠出笑容，「謝謝喔！」

「沒事！沒事！」

他們上週末有見面？但卻沒有任何一個人提及這件事，為什麼？他們見面不需要瞞他啊，瞞著他反而令他覺得有問題！

而且見面就見面，為什麼要抹去口紅？手錶為什麼會落在車上，再說了，依依開車出去說要去SPA，大哥也去那邊做什麼呢？

「我回來了！」關門聲響，依依正在客廳做瑜伽。

「咦？好早喔！」她趴在地上，專注呼吸著。

「嗯！」耀中草草應了聲，換了鞋便疾步走進她房間。

依依常用的首飾盒全擺在梳妝台上，尤其他們即將要離開，東西不多非常好找。

每天，依依都會摘下那支錶，細心地擦乾，再收妥進盒子裡……耀中握著盒子，他居然會緊張，他恐懼於打開來如果裡頭沒有手錶他該怎麼辦？他要怎麼問？

啪，打開盒子，他的心彷彿被人擊打了一下——空的！

他不是個會去過問女人東西擺哪的人，更從未主動去動依依的任何東西，這反而讓他不知道該如何開口，一下就質問她錶去哪了？這只表示他私自翻動她的物品，這也是依依忌諱的。

「怎麼啦，回來就悶不吭聲的，出事了嗎？」依依從墊子上起身，一路走了進來。

耀中飛快地蓋上盒子，轉身朝著她擠出笑容，「沒什麼。」

「大哥不在嗎？你不是說要去找他喝酒？」依依偎進他懷裡，「其實可以把他叫來的啊，又沒關係！」

耀中喉頭一緊，「妳那麼想看到大哥嗎？」

「想啊！為什麼不想？房子賣出去了，離我們的目標越來越近了！」她昂起頭，蹙眉瞅著他，「你怪怪的喔！臉色好難看！」

耀中撫上她的臉，心臟堵得慌卻不知如何開口……一個是他最好的兄弟，一個是他最愛的女人，他們會背叛他嗎？

不可能！他不相信！

「呃……妳前兩天不是說錶壞了，我看看。」他突然想起她抱怨過錶不走的事。

「啊，錶不在，我拿去修了！」依依鬆手，朝浴室走去，「過兩天就拿回來了！」

這麼巧？耀中狐疑地看著她婀娜的身影，「去哪修？」

「筱月的同學，我看他們技術還不錯喔！」浴室裡傳來回音。

她把那麼貴的錶，拿去給一個高中生維修？這是多蹩腳的藉口！

「是嗎……妳……」開口艱困，耀中來到浴室前，「妳上週末去做ＳＰＡ，還有去哪裡嗎？」

「嗯？沒啊！」依依正準備洗澡，不耐煩地看著他，「你今天怎麼了？問了一堆奇怪的事？」

「不，沒，沒什麼……」耀中說得言不由衷，默然地離開了浴室。

天哪！他趕緊點了根菸，疑心真的好可怕，完全星火燎原，現在讓他對依依說的每件事、每句話都感到不對勁了！

但他明明知道這是不可能的事情，依依跟大哥之間……腦海裡忽然浮現起他們每個親近的時刻，依依跟他一樣，將大哥視為親生哥哥看待，但終歸他還是個男人。

那天大哥幫忙開紅酒瓶時，依依離他多近呢？大哥向來就是個比他厲害的男人，他能有今天全靠大哥提攜，能力高下立見，大哥是比他更值得依靠跟信賴的男人……停！停！耀中！

他敲著自己的頭，他在做什麼啊，為什麼懷疑起自己情同手足的男人跟愛人了！

不要再想了啊！

＊＊＊

這晚，他私發了訊息問筱月，是否有介紹同學幫依依修錶。

女孩已讀不回。

他只能猜想她已經睡了，所以隔天起了大早，在上學時間準時到中庭去堵人，事情必得問清楚，他不能這樣懷疑最愛的兩個人。

在電梯裡焦躁不安地等著，揉著眉心，昨晚一個人把酒喝光，頭暈目眩地想吐，但是竟睡不著，只能眼睜睜地等待天亮……電梯在十樓停下，他直覺地站到一旁想讓人進入，結果門一開，外頭沒人。

嗯？他好奇地探頭出去，是誰——啪！一隻手倏地扣住他的頭，猙獰的老婆婆抓著他的頭湊近。

『小心，不能相信！』老太太邊說話，嘴裡流出血瀑，『絕對不能相信她……』

「哇啊！」耀中嚇得往後摔進了電梯裡，重重撞上了鏡子！

電梯門關上了，他一個人狼狽地坐在電梯地板上，驚恐地抹著全身上下跟臉……

沒、沒有血？可是剛剛那老太婆噴得他滿臉是血啊！

耀中吃力地起身，不瞭解剛剛那一切是什麼？

太真實了！可怕的老婆婆，駭人的臉跟嘴裡大量湧出的鮮血，他真的感到全身都被噴溼啊……幻覺？他只是宿醉跟沒睡飽而已，會這樣嗎？

不安縈繞著他，到一樓時便立刻衝出，幸好把這裡賣掉了，不然教他怎麼安心住下？

匆匆到了中庭等待，果然沒幾分鐘便看見從B棟走來的筱月……不過筱月很妙，一見到他就閃躲似地別開眼神，想逃離似地繞行。

「筱月！」他當然直接追上。

「啊……嗨，早，耀中哥，你今天好早喔！」她眼神閃爍，看起來很尷尬。

「早，我在等妳。」耀中也不隱瞞，「有看到我的訊息嗎？依依說她拿錶去給妳同學修，是嗎？」

呃……筱月明顯地偷瞄他一眼，二度閃躲眼神，「她說是我同學嗎？啊，是！對啦！」

「什麼叫對啦？不是妳介紹的嗎？」耀中覺得筱月的態度太奇怪了。

「我介紹的……嘿，對……」這尾音拉得很長，女孩一副慌張的模樣，「對啦對啦！我要遲到了，我先走囉，耀中哥！」

筱月笑著邊跑邊離開，簡直是逃難！

她在說謊！直覺告訴他，這女孩不懂得撒謊，處處是破綻，她根本不知道依依說了什麼，只是順著他的話說而已！

深呼吸，耀中！他從口袋拿出依依的車鑰匙，下來前他早有準備，他可以從行車軌跡去查，依依到底去了哪裡！

進入地下停車場，進入依依的車內，發動引擎後打開系統，準備查詢前，卻看見了塞在方向盤邊的待繳停車費單子；抽起來查看，上週六的ＳＰＡ按摩停車三小時，這時間與大哥停車的時間是重複的！

屏氣凝神再翻到下一張，他簡直不敢看下去──是大哥秘密公寓的那條街！

「不不不……」他瘋狂地擊打著方向盤，「不可能！」

秘密公寓只有他知道，依依並不知道那裡，她不可能去找大哥的！

或是……對，或許她有什麼事去了那附近對吧？兩張繳費單，代表她待了好一會兒。螢幕亮起，耀中動手查找行車軌跡，一路找到了週六上午，她最後去的地方。

眼見為憑，他要親自去一趟，說不定那兒就有一間鐘錶店，證實了依依的說法，她拿錶去維修了！

＊＊＊

戴著白色手錶的手舉著紅酒杯，開心地擊上對面的水晶杯。

「乾杯！耶！」依依開心地轉著圈，「成交！」

售屋的錢今天進來了，這表示他們脫身在即，剛剛跟大哥商量好，機票也訂妥，就訂在這週末，他們要帶著錢去國外逍遙了！

「耀中怎麼還沒回來？」蘇人宇倒覺得這幾天耀中都怪怪的。「你們有吵架嗎？他這幾天臉色都很差！」

「沒啊，為什麼這樣問？他有時會神經神經的，我懶得理他！」依依喝得有點多了，走路踉踉蹌蹌，「對了，我們是不是可以把東西拿回來了啊！」

「啊啊，對！下午筱月找我拿東西時，我有跟她提了！」

「拿什麼啊？」依依好奇地問。

「唉，上次載她出去，有東西落在我車上了。」提起這個，蘇人宇忍不住看向依依的手腕，「妳喔，別影響清純女孩了，服裝學妳不說，還去買了個一樣的仿錶，高中生戴那個也太不搭。」

嗯？依依晃晃手腕，「這個？」

「對，那天她還學妳化濃妝，戴大花髮箍，結果錶掉在我車上，我也沒注意到，總之拿回去了。」蘇人宇再喝了口酒，「我本來說要親自過去拿，但她說不方便，她說她等等拿過來！」

「嘿，筱月人很好的！她幫我介紹修錶的人，還幫我把錶跟飾品都送回來呢！」依依高舉起手，她的手錶已經修好了，「是高中生自己接案子，還怕人知道，叫我不能張揚！剛放學後她拿來給我，順道幾個銀戒也都保養得非常亮！划算！」

「是喔！」蘇人宇沉吟著，「我們利用了她，是不是也該回饋點什麼？」

依依打了個嗝，「能給她什麼啊？給錢會露餡的吧，而且她也不會收，嗝。」

是啊，蘇人宇正為此苦惱，能給她什麼呢？「妳喝慢一點，依依！要等耀中一起慶祝啊！」

依依痴笑著，哼著歌舞動起來。

而中庭下方有個穿著高中制服外套的女孩抱著略沉的盒子，等著C棟電梯，門才開，裡頭竟是帶點酒氣的耀中。

「嗨！耀中哥。」筱月禮貌地笑著，耀中一眼就看見了她抱著的東西。

「妳……怎麼拿過來了？」他瞬間清醒，「不是說要秘密……」

「蘇大哥叫我拿來的，我以為依依姊已經知道了？」她轉了轉眼珠子，「他們兩個都在耶！」

「他們……」耀中有點驚愕，他沒看到大哥的車啊！「妳怎麼知道？」

「我看見的啊！依依姊在準備酒菜吧，然後大哥跟我提起這個神秘禮物的事……所以你不是來接禮物的喔！」筱月慌張起來，「他也沒叫我打什麼暗號耶，直接讓我拿過來！」

耀中緊繃起臉色，朝著她伸手，「對，我來接禮物的，妳給我就好。」

筱月沒有遲疑，趕緊把盒子交給耀中，一副欲言又止的模樣，半天說不出話來。

「我有做錯什麼嗎？」快到十五樓時，她小小聲地問。

「沒有，做錯事情的不是妳。」耀中沉著聲，「是我。」

是他信錯了人。

他以為情同手足的兄弟，以為此生最愛的女人，居然利用他的信任、親自拉近的關係，雙雙背叛了他！依依去過大哥的秘密公寓，那附近根本沒有鐘錶店！大哥去她SPA的地方等她，車上脫落的手錶，抹去的口紅……

還有這盒，瞞著他讓筱月拿來的錢！

錢是他交給筱月的，照理說是要他去找筱月拿啊，他們兩個趁他不在，就讓筱月送過來了？

他很信任大哥，從未過問這票究竟賺了多少，他們是不是想提前分贓？要偷偷先把錢藏起一部分再來糊弄他？

他這兩天仔細回想了過去許多的細微末節，發現一切早有徵兆，依依與大哥的過度親近，是他太過信任看不見……或選擇忽視，其實樁樁件件都有跡象，他們早就背著他搞在一起了！

什麼去國外逍遙，只怕到了國外，逍遙的只有他們吧！

他踏出電梯外，回身看向了筱月，「妳別來了，立刻下樓，然後回家。」

「……耀中哥？」筱月蹙起眉，卻發現電梯早被按下一樓，門緩緩關起。

隻身在電梯裡的筱月靜靜站著，燈光突然開始閃爍，角落驀地站著慘白一張臉的老婆婆。

「我說吳奶奶，妳別這樣好嗎？」筱月頭也不回地自言自語，「當初是妳自己服毒自盡的，妳徘徊在這裡不走很礙事耶！」

『不該……不該……』奶奶開口，血像開水龍頭般流了出來，『相信妳……』

「為什麼不？我可從頭到尾都沒說謊喔！」筱月回眸一笑，「我只是落了一支錶。」

電梯抵達一樓，筱月輕快地走了出去，她沒有回到B棟，而是坐在中庭的椅子上，望著今晚的夜空……唉呀，沒有月亮，晦暗得很耶！

叮咚——十五樓電鈴聲響，女人開心地端著酒杯衝來開門——「歡迎回來！」一樣的低胸上衣，乳溝深刻地令人移不開眼，女人帶著燦爛的笑容，拿著酒杯的手上戴回了那支錶，而身後是滿桌的酒菜，以及那穩重的男人。

「耀中？」蘇人宇有幾分詫異，「東西為什麼在你手上？」

「驚訝嗎？」耀中冷冷地看著蘇人宇，趨前入室卻撞開了依依。

「呀……」依依不穩地踉蹌倒去，蘇人宇即刻上前扶住她，這一幕在耀中眼裡卻更加地刺眼。「死耀中！你幹什麼啊！」

紅酒濺了一地，依依氣急敗壞，連蘇人宇都不明所以，但來不及說什麼，耀中就把手中的盒子扔給了他。

「為什麼這麼對我？」

蘇人宇趕忙接過盒子，緊緊抱著抬起頭，「你在發什麼神經？」

「你們怎麼能這樣對我？」伴隨著怒吼，耀中掏出了槍。

砰——砰——砰——

「呀……」迴音尖銳地迴盪在口字形的大樓社區中，所有人都聽見了！幾秒的驚愕後，是許多開窗與開門的聲音交錯，詢問聲此起彼落。

筱月依舊坐在椅子上，輕輕擺動著雙腿。

拖沓的足音突然自右側傳來，在昏暗的廊下，走出了少年的身影；少年還吃驚地昂頭看著槍聲的方向，最後走到了椅子邊，悄悄坐下。筱月望著他，這個男孩她印象不深，只見過幾次，不過……

近來有人都在偷窺她，她是知道的。

「妳……都知道對吧？」少年與她之間隔了一個人的距離。

「什麼？」筱月看了少年削瘦的側臉，「你在偷看我嗎？」

男孩緊張地飛快搖頭，雙手撐著椅子，雙肩高聳而緊繃。「我只是……妳好像……故意……」

「沒有啊，我什麼都沒做。」筱月緩緩拉起外套袖子，制服下有著一支醒目的山茶花錶，「我只是買了一支仿錶。」

她只用了一支錶。

男孩喉頭緊窒地偷瞄著她，他觀察筱月好幾個月了，近來社區裡出的事，都跟她有關聯啊。

「但是，是妳……」

「你聽過偷斧頭的故事嗎？有個鄰居斧頭丟了，他懷疑是隔壁鄰居的孩子偷的，接著每一天都越來越覺得就是那男孩偷的！那個男孩的一言一行、一舉一動，都讓他覺得男孩絕對就是小偷！」筱月逕自說著古老的故事。

背景的大樓裡，人聲慌亂，大家正在積極報警，相互詢問是哪一間出事了？

少年點了點頭，他聽過這個故事，「我懂妳說的，一旦有了疑心，就會看什麼都起疑了！只要好好地溝通，良好的信任……」

「呵……信任啊！」筱月向右看向少年，露出嬌俏的笑容，「再強大的信任一旦起了疑心，就什麼都沒囉！」

就跟瓷器摔破之後，修復得再高明，裂痕依舊存在是一樣的道理。

筱月脫下了手裡那支山茶花仿錶，就扔在椅子上，頭也不回地離開。少年呆愣地看著那支錶，再緊張地看向遠去的倩影，「欸……妳的錶……」

筱月略停步伐，回首一笑，「那麼廉價的信任，我才不要。」

警笛聲由遠而近，伴隨著鳴笛聲裡的是狗兒悲哀的嚎叫，而耀中持著槍坐在血泊裡痛哭失聲，紅酒與玻璃碎片灑滿一地，蘇人宇與依依的血汩汩地溢流滿地，同時浸溼了紙盒裡灑落的鈔票。

「為什麼要這麼對我！」耀中哭著，背後電梯叮的一聲響，倉皇回首，看著電梯門緩緩開啟。

警察擎著的槍率先出現——耀中痛哭著，將槍口直接塞進了嘴裡。

砰。

升職

牧靜衝出房門時，慌亂地直接踩滑地墊，整個人在房門口摔了一大跤！

「唉唉！」爸爸聽到聲音趕緊跑到房門前查看，「妳在幹嘛啦！」

「我來不及了啦！」牧靜狼狽地爬起來，包包裡的東西都散了一地，「哎唷！煩！」

「欲速則不達！」父親搖頭嘆氣，回身再走向餐桌，「幫妳倒牛奶嗎？」

「我沒時間吃早餐了！」牧靜把東西全扔進皮包裡，匆匆往玄關去，「都沒人叫我！」

「妳都幾歲了，還要人家叫？」媽媽在餐桌前悠哉地吃著早餐，「該對自己的人生負責了！」

「煩耶！」牧靜穿上鞋，不爽地甩門出去。

砰！門被甩上發出巨響，父親忍著不悅，扯著嘴角一副沒救了的模樣坐回位子，給了太太一個眼神：妳看！

「看我幹嘛？又不是我給慣的。看看老大，每天都提早到公司，我起床時她連蛋都煎好了。」母親說著，回身去拿煎鍋上的早餐，「我們把這顆蛋分了吧？」

平底鍋裡還剩下一顆太陽蛋，都是大姊煎好的。

「每天這樣散漫，都不知道她在做什麼喔！好不容易找到這份工作卻一天到晚遲到！」父親其實心裡很擔憂，「這是她第幾份工作了？」

「今年第四個吧？她連三個月都過不了。」母親拿著蛋回來倒進盤子裡，「我看她這份工作能做多久！」

「她最好是做得久一點，畢竟我們已經下了最後通牒了，不是嗎？」

最後通牒，指的是要女兒們在兩個月後，搬離這個家。

這是父母的深切檢討，為什麼二女兒會這麼散漫，工作總是做不長，被資遣還都是別人的錯，回來怪天怪地怨天尤人後，就是窩在房裡滑手機一整天，得三催四請才去找工作。

這絕對是肇因於太過依賴了！家是永遠的避風港，完全沒有對自己生活負責的自覺。

所以他們要成人的孩子們全搬出去，只剩下還在念書的老么沒有急迫性……問題是老么根本住在學校外頭，還比牧靜都獨立許多。

牧靜衝出家門時，電梯前有位對門的鄰居在等待，那是個削瘦的少年，總是陰沉寡言，年紀輕輕卻佝僂著身子，從不跟任何人打招呼，眼神總是盯著別的地方，有種怪異感。

可是他身上的制服，卻是高中第一學府，看起來很聰明的樣子。

「早安。」她伸手連續按著按鈕。

男孩依然沒回應，只是看著她的動作，很想說不是按幾次，電梯就會比較快的。

「哎呀！」牧靜不安得連在原地都不安分，她不能再遲到了，這星期每天都遲到，昨天已經被主管唸了啊！

要不是住在十樓，她就走下樓了。

好不容易電梯抵達，門一開，裡頭居然還有人出來，男人朝牧靜頷首打招呼，逕自從男孩身邊走過後便拿出鑰匙開門……咦？牧靜錯愕地看著男人進入自家，不由得又多看了男孩一眼。

那個叔叔進入的是這個高中生的家耶！但他們連眼神交流都沒有哩！

「那個……你是七十號的嗎？」她好奇地問了。

站在角落的男孩給了她靜默，好幾秒後才嗯的一聲。

「啊。那剛剛那個就是你爸爸了？」她再問了一句。

男孩的頭貼著牆角，嘴角抽了抹怪異的笑，「應該算吧？」這是哪門子的回答？牧靜覺得莫名其妙，但接著電梯又停下，陸續進來也要上班上學的人們，不一會兒電梯就被擠滿了。

牧靜對於電梯每樓都停感到不耐煩，但又無可奈何，好不容易到了一樓，她即刻衝出去！

他們家住在一個社區裡，社區是口字形，但有一面是大門，而中間的花園公設現在對她而言就是個妨礙，她的機車停在社區外頭，還得跑過這個偌大的公設才行！浪費她時間！

火速衝刺的她，絲毫沒在看其他人，右肩上的包包因為往後揹著，導致右邊占了一塊空間，硬生生撞上女孩！

「哎……」女孩措手不及，連連往旁踉蹌。

「啊！對不起對不起！」牧靜根本沒在看，隨口敷衍道歉，邊說邊跑，「我來不及了，對不起喔！」

女高中生好不容易站穩身子，一臉丈二金剛摸不著頭腦，呆呆地傻在原地。門口的警衛連忙過來看她有沒有事，她示意無事後，好奇地走出大門，就見牧靜已經把機車牽出來，準備發動了。

「對不起喔！」她馳騁而去時，終於看清那女孩的樣子。

唉唷，是那個正妹高中生！

那個女生在他們社區很有名，漂亮當然是重點，剛剛隨便一瞄就覺得真的很正，重點是因為她當初搬進來時是獨自入住，雖說本有位阿姨跟隨，但整個社區沒人見過那位阿姨。

但她會備受矚目，是因為之前某一棟有個奶奶去世，遺囑裡竟然指名了這個搬來沒多久的高中女生，奶奶把自己名下，也在這個社區的某間套房，免費借給那個女孩住到學業完成為止，怎麼這麼好運啦！

要是有人也免費給她一間房子，她就不必煩惱房租水電了吧？爸媽突然要她們搬出去實在很爛，她發現租屋有夠貴，還得付押金，沒存款還真的租不起咧！

她薪水才多少？之前只要存到錢就都拿去買東西或旅遊了，付完押金她是不是就破產了！

如果有人也能給她一間免費套房住那該多好！

「陳牧靜！」

才剛踮起腳尖進辦公室，門都還沒關上，主管的聲音立即就傳來了！

該死！牧靜痛苦尷尬地皺起眉，但躲都沒辦法躲，只能硬著頭皮朝著主管的方向走過去。

「對……對不起……」她想了很多種藉口，還是覺得道歉比較好。

「今天才星期三，妳就遲到了三天，妳到底是怎麼了？」協理不客氣地嚷著，還是當著所有人的面，「昨天遲到五分鐘，今天十分鐘，明天是不是變十五分鐘？妳要不要乾脆請假別來了？」

「真的對不起！」她用力一鞠躬，「我明天絕對不會遲到的！」

四周傳來訕笑聲，因為她前幾天……噢，上星期跟上上星期也都是這樣說的。

「妳家沒住很遠啊，牧靜？怎麼可以遲到成這樣？」有同事很故意地提問，「妳搭公車嗎？」

「沒吧，她騎車啊！」還真的有呆呆的人直接幫腔回答。

低著頭的牧靜咬牙切齒，這些人何必落井下石咧？她遲不遲到關他們什麼事啊，做自己的事不就好了！

「妳真的……我都不知道該怎麼講妳，妳可能覺得遲到個五分鐘、十分鐘沒什麼，反正早到也不一定立刻會開始工作，但這是態度問題。」協理不客氣地直接罵，「妳是新人態度就這樣，我不敢想像以後呢？」

「我一定會改進的！」牧靜大聲回話，打斷了協理的斥責。

「就一個月吧，這一個月我會再評估，否則我寧願付資遣費。」協理冷冷地撂話，對他而言，連工作都無法準時的人，沒有什麼好說的了。

其他同事冷冷地看著牧靜，與她同部門的人更是不快，就是缺人才希望新人趕緊上手，結果新人這種態度只是教他們心寒。

牧靜不敢直接回到座位上，而是先去化妝室避開尷尬情緒，而她的同事們倒也沒閒著，已經有人跟小主管問起說好的工讀生呢？

「那時不是說還要補一個鐘點工讀生？」珮佳抱怨連連，「這三天我教新人的事，她全部都亂聽，粗心大意到我光收拾她的殘局就飽了！」

小主管凝重地思索著，下屬的工作量他不是不知道，就是因為臨時走了兩個人才會這麼吃緊。

「放心！我在找了，我朋友有介紹，今天就會來面試！」但小主管不敢承諾太早，「只要對方能上手，我會火速讓工讀生上線，你們撐一下，簡單的事快點先讓牧靜去做！」

好幾個人忍不住翻白眼，誰不是拚了命地教？問題是要看她有沒有吸收啊！有人突然暗示牧靜回來了，一群人不約而同地看向她，那股壓力讓牧靜頓時清楚承受。

「對、對不起啦！我明天真的不會再這樣了！」她趕緊賣乖道歉，「有什麼要我做的？」

她快步走到桌邊時，發現桌上已經堆了不少資料，不敢有什麼多餘的反應，即刻開始處理；其他同事紛紛寫下自黏貼紙，黏在她的ＯＡ壁邊，提醒她接下來要完成的事。

牧靜展現出積極，但內心其實咕噥個沒完——遲到幾分鐘是什麼天大的事情嗎？八點半上班，她八點四十到，這十分鐘是能做什麼？世界末日嗎？哪有這麼嚴重！

大家還不是都在聊天？吃早餐？或是東摸西摸？根本沒幾個人在上班！就算真的在工作了，也才剛敲幾個鍵盤而已，是有這麼了不起嗎？

工作有做完就好了，到底在那邊吹毛求疵什麼？

如果她下午到，下班前就把工作做完也是她了不起啊！怪了，計較幾點上班有什麼意義？

可惡！要不是為了錢，她至於這麼低聲下氣嗎？要是在之前，她早就包包一拎，甩頭就走，喊聲不幹了！連資遣費她都不屑！

想到這裡，她就一肚子悶，爸媽這樣趕她出門實在太惡劣！她的錢花都花不夠了，真的支付房租跟水電後怎麼辦？那她的旅遊跟購物基金就沒了啊，這未免太過分了吧？

她如果不搬的話，爸媽也拿她沒辦法吧？難道他們會叫警察把她趕出門？她得好好盤算應對的妙計，她才不要過得那麼苦咧！

牧靜原本計畫用優異的表現掩蓋掉遲到的陰影，結果才過中午，接連的錯誤席捲而來！先是報表做錯、接下來是忽略了兩份文件，還有列印印反，最後連讓她照樣鍵入的資料都能錯格，然後——

「牧靜！妳拉錯檔案了！」珮佳氣急敗壞地從會議室小跑步出來，「這是B企劃的！不是A！」

「咦？對不起，我立刻重做！」牧靜趕緊調閱檔案。

「印好送到會議室來！」珮佳唸著，焦急地再奔回會議室去，又不放心地回頭交代。「兩份喔！」

「好！」

其他同事交換著眼神，這傢伙工作根本不上心啊！

都已經交代給她最簡單的工作了還搞成這樣？要是讓她變正職的話，誰跟她同事誰倒楣吧？

＊＊＊

經過每天早上的兵荒馬亂後，牧靜終於有種漸入佳境的感覺，其實是該犯的錯都犯過一輪了，她也算記取教訓，剩下的粗心她只能用再三檢查來避免，雖然成功率還是很低，但至少部門裡的罵聲少了許多。

這當然，也有可能是工讀生報到的關係。

「筱月！」珮佳笑吟吟地喚著工讀生女孩，「麻煩妳幫我把這些東西分別送到各層樓去，我上面都標了……」

美麗的女孩接過，纖指在標籤上輕輕一掃，「珮佳姊，我知道！妳上面都有寫。」

「啊，會計部是拿給……」

「拿給Maggie，行銷是給Wan，我都會背了！」筱月聰慧地回應著，從口袋裡悄悄遞出一包巧克力粉，「這個給妳，喝了會舒服一點。」

珮佳愣住了，看著巧克力粉，抬頭望向女孩，高中生只是俏皮一笑，拿著疊資料旋身就往電梯走去。

「我的天哪……」珮佳挪動椅子，拉了拉一旁的韻怡，「那女生也太聰明了吧？

她知道我月經來耶！」

「真的假的？」韻怡看著在部門門口消失的背影，「好細心喔！人長得超正又聰明，這個工讀生真的找對了！」

「主管朋友介紹得好啊！說剛放假，想打零工！」珮佳不由得深深佩服，「要是她年紀再大一點來當正職就好了！比那、個好多了。」

那個，指的當然是牧靜。

從小事就能看出端倪，工讀生上線開始沒有犯過錯，才來第二天就知道大家的喜好、記住大家的習慣；而且臨時要她幫忙時幾乎什麼都會，真的比牧靜強多了。

這些音量大的耳語自然刻意讓牧靜聽見，她也不覺得自己可以待超過一個月，只是——為什麼半路會殺出住同社區的程咬金啊！

那個高中生居然跑到她公司打工？表現還好得不可思議，讓所有人都讚美她的同時，卻變成在貶低她了！可惡！

牧靜起身拿著杯子到茶水區去，杯子隨手一扔，直接往電梯那邊去堵筱月。

「牧靜！」剛從樓下走上來的筱月，明顯地已經辦完所有事情，手上還拿了盒蛋糕，「剛好人資給了我一盒蛋糕，一起吃吧！」

還給她點心？憑什麼啊？「喂，妳不要太過分吧？幹嘛一副到處逢迎拍馬的樣子？」

筱月一愣，指了指自己，「我？逢迎拍馬？」

「妳只是工讀打發時間，我是認真來這裡上班的耶！妳工讀結束拍拍屁股就走了，還有別人免費給妳的屋子住，我可是要為了房租生活所苦耶！」牧靜把不滿的情緒都推到筱月身上。

哇喔！面對這麼直接的指責，筱月反倒說不出話了……完全不知道自己錯在哪裡咧！忠於工作是錯嗎？

「我覺得……妳先深呼吸吧？」她溫柔地笑著，「妳不是住在我們社區嗎？有時會看見妳跟家人去吃飯？」

提起這個牧靜又一肚子火，「不關妳的事，總之我非常需要這份工作！」

「嗯，我明白。」筱月依舊是笑容可掬的模樣，「但我只是工讀生，像妳說的，假期一結束我就回學校了啊！」

「但是妳……妳的表現會影響我啊！妳做得越好，大家就拿我們來比較！」

「妳別緊張啦！只要認真做事，大家都看得見的！」筱月拍拍她的肩，晃晃手裡的蛋糕，「吃甜點？心情會比較好喔！」

牧靜厭惡地以手背推開了蛋糕盒，不客氣地扭頭就走。

筱月略微踉蹌，但依舊沒有生氣，她只是帶著淺笑，笑著牧靜的可愛。

大概又是一個全世界都該寵著她的人吧！她聳聳肩，拎著蛋糕往茶水間去，她打算切成六小塊，分給整個部門的人吃。

喀噠，天花板的甘蔗板顫動了一下，板子被緩緩挪開，有根手指一閃而過。

＊＊＊

「妳真的沒聽過？」

茶水間裡，一群人正在閒聊，熱鬧非凡。

「居然沒人告訴你們，新人都要交代這間公司的歷史吧？」隔壁部門的前輩認真地對著牧靜說道。

「歷史……」她嚥了口口水，誰教前輩們的眼神都很可怕。

「這裡之前出過事，有個業務部的女孩發了瘋，把同事殺了。」前輩們說得繪聲繪影地，頭突然往上抬，「她把屍體藏在天花板裡……血就一滴一滴地往下流。」

「哇！」牧靜摀起耳朵，同在茶水間裡的筱月跟著往上看，差點滑了蛋糕。「這騙人的吧！」

「誰騙人啊！新聞都查得到哩！」前輩們一臉認真的模樣，「就是要妳們注意啦，晚上不要太晚回去！」

「我不會……」牧靜說得心虛，企劃部不就是加班王嗎？

一群前輩笑著拍拍她們，然後陸續離去，搞得都不知道他們是說真的還是鬧著玩的？

「喂，筱月，妳下午如果有空的話，可以來分擔我的工作嗎？」牧靜臨去前用命令的口吻說著。

「好哇！沒問題！」筱月認真回應，畢竟她是工讀生嘛！

牧靜儼然一副主管樣地點點頭，轉身離開，筱月則打開那盒蛋糕，拿出裡頭的塑膠刀子，開始均勻地分片……喀啦，隱隱約約地，頭頂上的板子彷彿又傳出了移動的聲音。

滴……答……水滴聲落在筱月的右後方，她略微側首，有點擔憂地瞥向肩頭，接著不動聲色地朝左移動幾公分，她不希望有「什麼」滴上她的衣服。

茶水間的溫度開始變冷，筱月切好蛋糕後迅速離開，從頭到尾沒敢往上看，如果她抬頭的話，或許可以看見被搬移幾吋的天花板……還有那隻朝下伸來，差點就抓住她長髮的手。

＊＊＊

「這份報告誰做的？」小主管捏著一疊紙，氣沖沖地來到牧靜桌邊，把東西甩到她面前，「連報價表都能輸錯？妳知道報價不對有多嚴重嗎？」

牧靜慌忙地拿起報表翻閱，珮佳她們冷冷地望著她，一副不意外的模樣。

「妳的出錯率真的太高了，而且都是這種嚴重的關鍵性錯誤，妳……」

「這不是我做的！」牧靜突然反駁，「這是筱月做的！」

嗯？正在另一張桌子協助整理檔案的筱月愣住了，她緩緩起身，眼神裡透露著茫然。對上牧靜投射過來的眼神，她才趕緊上前，接過她手上那疊報告，火速地翻閱。

「對……對不起……」筱月邊翻，一邊回應著。

「奇怪，報價不是妳做的嗎？怎麼會是筱月？」珮佳覺得不對了，「妳讓工讀生做這種事？」

「我只是讓她整理好再印出來而已，報價表我也有交代要拉對啊！」牧靜義正詞嚴地說著，「工讀生不是分擔我們工作的嗎？」

珮佳想反駁又不知道該怎麼說，總不能說筱月只為其他人服務吧？小主管望著一臉困惑的筱月，面對表現一直很優異的女孩反而罵不出口，遲疑幾秒後草草訓斥，把原案發回給牧靜重做。

「這種事別讓工讀生做，她不懂！」主管交代著，「妳如果想排版整齊，那就把報價表都拉好後，再讓她整理！」

「是！對不起，是我疏忽了！」牧靜趕緊道歉，「我是想說大家都稱讚筱月細心，所以才……是我太放心了。」

筱月握著手上的錯誤報告，豆大的淚滴落在了白紙上。

不是她的淚。筱月感受著「淚」是從她的正上方落下的，啪噠啪噠……啪噠啪噠……

『好……過分……吶……』

筱月吃了悶虧，她知道報表她沒有用錯，是交給牧靜後，她換了報告；但是沒有證據她百口莫辯，只能忍下來，反正……她只是個工讀生。不過韻怡彷彿都知道似的，隔天中午刻意找她一起去吃午餐，對她多加安慰，兩個人還聊了開。

受點委屈不要緊的，韻怡安慰著她，讓她寬心許多，才哼著歌回到公司，都還沒進部門咧，她驀地被人一把拉走。

「怎麼？跟韻怡告狀嗎？」牧靜把她往女廁裡拽，她確定現在沒有人！

「我沒有！我知道我什麼都證實不了！我們只是一起去吃飯，聊天而已。」筱月扯扯嘴角，還是滿腹委屈。「妳不必想太多。」

「韻怡那種人會找妳當朋友？奇怪了！她能跟妳聊什麼啊？」

「聊很多啊！她是很樂於分享的人好嗎？又很有想法！像……大家不是正在為T公司的企劃傷腦筋，她隨便想就是好幾個企劃案呢！」筱月口吻裡都是佩服，一股腦兒地講了一些她與韻怡聊天的片段。

牧靜聽著，眼神也跟著散發光芒，筱月萬萬沒想到，她這樣隨口一說，卻造成了極為嚴重的後果——牧靜剽竊了韻怡的企劃！

她背著所有人提交給小主管，結果獲得了空前的成功，T公司非常滿意而且答應即刻簽約，當小主管宣布時，不只韻怡傻了，筱月也傻了！韻怡直接表明那是她的企劃案，她不只在電腦裡早有備份，筆記本裡也有書寫。

部門裡一陣譁然，牧靜卻一臉無辜地說韻怡對她有成見才故意攻擊她，最後在小主管的見證下，韻怡的電腦裡沒有相關的企劃草稿，筆記本裡也沒有紀錄，剩下的只是一些……紙張被撕除的痕跡。

在小主管宣布牧靜升職的這天，韻怡哭著衝了出去，筱月傻站在角落裡……人為了往上爬，真的無所不用其極啊！

＊＊＊

確定留在公司，而且未滿一月便升職的感覺，真的太好了！牧靜連走路都變得輕快許多。才停好機車，恰好也看到搭公車回來的筱月，筱月見到她明顯想閃躲，但是她卻直接走近。

「幹嘛躲我？」

「沒有啊！」筱月口是心非地說，眼神顯得落寞。

「不該說的話最好別說，更何況妳是始作俑者！」牧靜語帶威脅，「畢竟是妳把秘密告訴我的！」

筱月吃驚不已，「妳怎麼能這麼說？我只是聊著我聽見的，我並不知道妳會做這種事！」

「哪種事？在妳跟我講之前，我早就想到一樣的東西了啊！我就是怕跟韻怡撞哏，才趕快先說的！」牧靜說得大言不慚，「把妳的嘴閉緊了，工讀生。」

「妳就這麼想往上爬嗎？不惜踩著別人？」筱月雙拳緊握，略微顫抖。

牧靜回眸，冷冷一笑，「社會不就是這樣運作的嗎？」

「妳就不怕……報應嗎？」

「哈……哈哈！什麼東西啊！」牧靜嘲弄般地大笑著，報應？這女孩子說什麼八股的話？社會就是弱肉強食，誰在跟你報應！

看著牧靜遠去的背影，筱月皺起眉略微舒展，嘴角輕輕地笑了起來，這種不惜一切往上爬的人性，也是促使進步的主因吧？她突然視線往上，C棟十樓的窗邊，有扇窗簾飛動，在後頭偷看的少年嚇得躲到旁邊，筱月怎麼好像突然看過來了！

狗兒的嚎叫聲傳來，筱月回頭留意到在門外的一隻大黑狗。

黑狗一雙眼睛緊盯著她，發出了只有她能聽見的嚎叫聲，一輛車子疾駛而過，穿過了牠的身體。

真是忠心的狗兒，即使死了，依然還是待在警衛林伯身邊吶。

C棟的牧靜一進電梯，就感覺到電梯的輕微晃動，日光燈閃了一下，心情很好的她一個人在電梯裡哼起歌來，對著亮晃晃的電梯門撩著頭髮，想著等等跟家人公布的得意。

「我啊……才去兩星期就加薪了喔！」她開心地笑著，突然間，看見了鏡中反射的除了她，竟還有另一個老奶奶！「咦！」

剛進電梯時只有她一人啊！牧靜沒敢回頭，看著角落裡的奶奶站在那兒，低垂著頭動也不動……不會吧！最近有聽說電梯裡不太乾淨，偶爾有人看到之前被孩子毒死的那個奶奶在社區徘徊！

『不要招惹……妳不該招惹的人……』角落的奶奶突然出了聲，牧靜即刻嚇得魂飛魄散，抱著頭躲到角落去。

「哇呀……我沒有害妳！我不認識妳，我什麼都不知道！」她整個人縮在角落，額頭貼住按扭尖叫著，連眼睛都不敢睜開。

叮的一聲，停下的電梯門才開啟，牧靜飛也似地衝了出去！手裡握著的鑰匙頻頻發抖，根本都沒能插進鑰匙孔裡就落上了地，她恐懼地看著那一直關不上門的電梯，拚了命地按著電鈴！

「開門……姊！爸爸！開門啊！」她尖叫著，不停回頭看著那扇電梯裡的燈，突然開始劇烈閃爍，門說什麼就是不關！「哇啊！爸……」

唰！鐵門開啟，父親緊張地開門，「怎麼了！」

牧靜馬上撲進父親懷裡，她嚇得趕緊把鐵門拉上，再回頭看向電梯時，恰好看見電梯門緩緩關上。

「怎麼啦？」裡頭傳來母親擔憂的聲音。

而在電梯旁的住戶大門，少年開著一個小縫偷瞄著一切，嘴角嵌著冷冷笑意，默默把門給關上。

＊＊＊

隔天一早，嚇得不輕的牧靜還是硬著頭皮去上班了，聰明的是，她跟著早起的姊姊一起出門，有伴她才不會怕，也因此破天荒成為部門裡第一個抵達的人！才經過昨天優異的表現，加上今天提早抵達，主管們更加對她刮目相看。

珮佳仍舊投以不屑的神情，韻怡則失魂落魄、黯然神傷，筱月一句話也沒敢說，精氣神相當萎靡，連笑都很勉強。

午休後，小主管宣布昨天牧靜的提案通過，上午已經簽約了！

「新人的表現真的太突出了！」小主管公開讚許，不知情的同事們報以熱烈鼓掌，而珮佳不屑地翻了個白眼。「這是大案子，晚上我請大家去吃飯！」

「哇！真的假的！託牧靜的福耶！」

「謝謝牧靜！」

牧靜開心地接受掌聲，一切理所當然，韻怡緊抿著脣，忍著淚水不往下掉。

「謝謝主管，那今天下午茶算我的吧！」牧靜趁勢贏得人心，「要喝什麼儘管點，筱月！麻煩妳囉！」

「喔……好！」筱月只能擠出笑容，偷偷朝天花板瞄了一眼。

風聲遲早會傳開，但是正如牧靜所言，沒有任何憑據，講到最後只會變成韻怡與珮佳眼紅嫉妒；總之這是部門的成功，其他人根本不想管背後的事，大家只要愉悅地享受下午茶，再期待晚上的ＫＴＶ聚餐就好。

這天下午只有三個人沒喝下午茶，珮佳、韻怡跟筱月，情況再明顯不過，筱月到電梯外等待外送時，迎來了她一點都不意外的外送員。

「你又轉行了啊？黃先生？」筱月挑了挑眉，這位先生真是什麼工作都做，在任何場合都會看見他。

「多方嘗試嘛……」黃先生跟她對單，對完後頂了頂鴨舌帽簷，朝天花板瞥了眼，「這裡好像不太……安寧啊！」

「很安寧啊，只要沒有人吵醒她。」筱月輕鬆確定飲料數量，簽收。

黃先生微笑頷首，臨走前又看了天花板一眼，真希望歷史不要重演，這間公司的人，能守住最後的底線。

ＫＴＶ包廂訂在七點，六點下班後大家分別前往，有人想先去吃點小東西，住得近的還想先回家一趟，總之一過六點企劃部就鳥獸散了。

而牧靜由於已全權負責這個企劃案，壓力驟增，所以多留了一點點以展現認真的姿態，重點其實在於——韻怡去洗手間後，到現在還沒回來。

她應該又去哭了吧？這兩天老是往廁所跑……牧靜撐著桌子起身，才跨出一步，就注意到雪白的地板上，落了一滴紅。

「這什麼？」她低首查看，順手抽過紙張擦起。

紅色如墨染般暈開整張衛生紙，怎麼會有紅色的東西滴落？這不像是紅筆漏水啊！牧靜下意識抬頭往上瞧，卻看到在上頭甘蔗板的一角裡，竟有大片的紅色液體匯集。

「咦！」牧靜嚇得連連後退，看著又一滴紅往下落，差點滴到她！

之前公司的兇殺傳說浮上腦海，所謂的同事命案，殺死另一個人後藏屍在天花板，爾後公司就常聽見怪聲，彷彿有人在天花板裡躲藏著，偷窺著一切……

「妳還沒去啊？」門外走進珮佳，她已經補好妝的模樣。

「珮佳姊！」牧靜立刻緊張地往她身邊跑去，「妳看天花板！」

珮佳一愣，也驚恐地望看過去，雙手摀住嘴低喃著一句不會吧……然後跑到座位邊，拿起了她的長柄自動傘。

「珮佳姊！妳要做什麼？」牧靜害怕地揪住她的衣服，「如果是那、那個……」

「不會啦！無緣無故怎麼會鬧鬼，一定是管線吧？」珮佳若有所指地看向她，「我們這裡又沒有出現什麼同事互相欺負的勾心鬥角對吧？傳說中那個女鬼只有遇到不平時才會出現不是嗎？」

牧靜一凜，之前沒聽說這段啊？遇到不平就會出現？她揪著珮佳衣服的手更緊了。

「不……當然沒、沒有。」牧靜喉頭一緊，嚥了口口水。「但我覺得……」

說時遲那時快，珮佳突然反手將她往前推向了紅色滴水處，長柄傘跟著往上一戳，啪啦一聲巨響，一個人就從上頭落了下來！

「哇啊啊……哇……」

淒厲的叫聲幾乎要傳遍整層樓，一個人從天花板落下，同時灑下一堆液體，那人就吊在半空中撞向牧靜！她嚇得崩潰，直接跌坐在地，尖叫聲不止之際，背後聽見的卻是誇張的笑聲！

牧靜愣住了，她看著眼前吊著的「人」，只是個用大型塑膠袋紮成的人形物品，她臉上、衣上紅色的水只怕是染色水而已，回頭看著捧腹大笑的珮佳，她一時間怒從中來！

「吳珮佳！」牧靜跳了起來，撞到塑膠袋時，假人還反彈地又撞了她一下。「妳做什麼！別欺人太甚！」

「這句話是我要跟妳說的！」珮佳毫不客氣地反擊，「妳不要以為盜走別人的想法就贏了，日久見真本事，我看妳能撐多久！」

「我……那是我的想法，妳不要一直說是韻怡的概念！」牧靜非常聰明地堅持了立場！

珮佳冷冷笑著，拎起包包轉身就走，「我們心知肚明！走著瞧！」

她趾高氣揚地步出辦公室，牧靜看著被紅墨水染紅的衣服，再回身看向在半空中晃蕩的假人，氣不打一處來，推了假人幾把出氣，只能趕緊衝向洗手間整理儀容，她這樣怎麼去慶功啦！

部門外聚集了不少看熱鬧的人們，誰教她剛剛的尖叫聲太過嚇人，之前告訴她傳說的人們更是竊笑不已。

「唉呀！那個嚇妳的啦！沒有兇殺案啦！」

「就是，不過是有個人自殺沒錯啦！」

「借過啦！」牧靜不客氣地叫他們都滾，氣急敗壞地衝向了洗手間！

珮佳，給我記著，這真是太過分了！她們倆不明白弱肉強食的道理嗎？職場上不就是這麼回事？待不下去她們可以走啊！

有別於剛剛的熱鬧，前往洗手間的長廊卻寂靜異常，而且廊上的燈不知被誰關掉了，扳了幾次電燈開關都無效，可得報修了！牧靜只得踩著重重的步伐往前走。

喀噠，隱隱約約地，有什麼聲音自上方傳來。

牧靜覺得詭異，刻意放輕了腳步，但是每走一步，她彷彿聽見同步的喀噠聲，喀噠、喀噠，一格接一格——戛然止步，牧靜倏而回身，就站在女廁門口的她，後頭這條昏暗長廊上，卻只有她一人。

不是腳步聲，也沒人跟著她……牧靜餘光突然留意到上方，抬頭往上，赫見她長廊上方的天花板，有好幾塊甘蔗板都移開了！

移動的幅度並不大，但被移開的每一塊卻都均衡地挪出一角黑，而且被挪開的位子適巧是一直線——正是她剛剛走過的正上方！

過度的整齊讓牧靜突地一股惡寒湧上，耳邊聽見女廁裡的說話聲，她不假思索衝了進去！

她跑進去時的動靜太大，嚇了背靠在洗手台邊的筱月一跳，她剛剛就是聽見筱月的說話聲，她似乎正在跟女廁裡的人說話。看見牧靜奔進來，筱月眨了眨眼，但沒有開口。

「怎麼了？」唯一關著的女廁間傳來韻怡的聲音。

「沒事，是……牧靜進來了。」筱月遲疑地道出牧靜的名字，果然換得廁間裡的安靜。

牧靜壓抑下不安的恐懼，回頭看向女廁外那一整條詭異被揭開一角的天花板，但面對筱月或是韻怡，她並沒有要示弱的意思，也不想說出剛剛的怪異現象。

「妳們也還在喔？韻怡進廁所很久了耶，不舒服嗎？」牧靜深吸了一口氣，壓下恐懼感，「妳該不會晚上不去了吧？」

啜泣聲立即傳來，韻怡緊緊摀著嘴，但還是忍不住哭出聲來。

「我也不會去。」筱月接口，「我已經跟韻怡坦白了，我不是故意的，我沒有想到妳……有人會剽竊他人的idea。」

「剽竊什麼？無形的東西誰能證實？」牧靜推門進廁間前狠狠回頭瞪了筱月一眼，「無憑無據，妳們夠了吧？到底要執著這件事多久？向前看了好嗎？」

「……妳這個人好爛！」韻怡忍無可忍地喊了出來，「被害的又不是妳？本該屬於我的東西，妳就這樣硬生生地搶走！我怎麼可能甘心！」

牧靜不耐煩地扯著嘴角，關上了廁間的門，其實她也不想面對筱月，那高中生是很漂亮，但從她偷了韻怡的想法後，她看她的眼神就令人覺得不舒服……

「下次有機會我再幫妳就好了，妳現在做什麼都是徒勞無功！」牧靜雙手抱胸，敲著隔壁的單薄門板，「大家都是同事，以後還要共事，妳不放寬心是折磨自己吧！要是受不了，妳也可以離職啦！」

韻怡沒有回答，她氣到唇瓣都咬出血絲，只聽見她氣急敗壞地打開門，足音一路往外奔。

出去了！牧靜豎起耳朵，所以外面沒有什麼事對吧？聽著韻怡的足音越來越遠，一切都是她腦補亂想，自己嚇自己的！對……自己嚇自己。

但是，她又想起昨晚電梯裡的老奶奶，她這兩天怎麼老是看到不乾淨的東西，明天去廟裡收個驚好了！

「煩，這就是個弱肉強食的世界，不然咧？」牧靜嘆了口氣，喃喃說著，「在這邊哭死也沒有用啦！堅強一點吧！」

喀嚓。

天花板驀地傳來細微，但卻異常清楚的聲響，牧靜顫了一下身子。

『是啊……哭死也沒有……用的……』天花板上，傳來了女人深幽的聲音，『所以我只能……一直留在這裡……』

啪嘰，冰冷的水珠滴上了牧靜的前額，淌進了她的眼睛裡，世界瞬成一片血紅。

牧靜用手抹去流進眼裡的血，緩緩地抬起頭，從被揭開的甘蔗板一角裡，可以看見一個女人，她如同巨蛇般無骨柔軟地從天花板裡「伸」出來，她全身滿布著腐爛的黏液，伸長著手朝牧靜頭頂而至。

「……哇……」牧靜措手不及，女人一把抓住她的頭髮，倏地往上拖。「不……呀……」

她死命掙扎著，在被拖上去前，超過門板高度時，她看見筱月依舊站在洗手台前，微笑地跟她道別。

早說過了。「恭喜妳往上爬囉！」

「救我……筱月，救……」

筱月旋身朝外走去，還貼心地帶上女廁大門，把剛剛從工具間拿出來的「清掃中」牌子擱在門口，她覺得要等鮮血淹滿整個天花板，再滲出所有甘蔗板，是需要一點時間的。

長廊上之前被揭開的天花板開始一格一格地闔上，她踩著輕快的步伐回到辦公室時，韻怡已經把惡作劇的假人放下來，包包已不在，看來人已經走了；她愉快地拎包走人，在路上沒忘記買了一大袋炸雞、甜不辣，還有兩盒熱騰騰的便當。

「林伯！」進入社區時，她不忘愉快地打招呼。

「筱月回來啦！」林伯朝附近張望一下，「咦？那個陳小姐沒跟妳一起回來啊！」

「啊，今天部門舉辦聚餐，她應該會很晚……很晚回家。」可能七天後吧？「我是工讀生，我很識相地不會參加。」

「唉呀，公司不會這麼小氣吧？」林伯皺了眉。

「是我不想啦，我想早點下班！」她道聲晚安，愉快地朝著自家走去。

黑暗中有人悄悄地望著她，順著她的步伐躲在樹後，深怕她發現似地；但是筱月卻還是在中庭停下了腳步，準確地朝他的方向看過來，甚至晃了晃手裡一大袋的食物。

「吃了嗎？」她朝著看似無人的方向問，然後左轉朝自己的B棟走去。

少年遲疑幾秒，緊張地從大樹後繞了出來，低垂著頭快步追了上前，就跟在筱月身後。

「我買了很多，就到我家吃？」筱月頓了頓，「只是我家還有別人喔！」

「那個……電梯裡的吳奶奶嗎？」少年囁嚅地說。

進入B棟的筱月回首，對著削瘦少年嫣然一笑，「你看得見吶。」

少年緊抿著脣，緊握著的雙拳手心都冒汗了，「她是不是不會回來了？」

電梯正巧就在一樓，筱月輕輕一按鈕，電梯門即刻開啟，兩個人魚貫走了進去。

「她喜歡踩著人往上爬啊！」筱月聳了聳肩，「她現在高人一等了呢！」

少年默默在心裡明白，那個女人不會回來了。

盲人杖在手，男子卻行走得比一般人流暢，他聽著腳步聲與氣味，就能知道迎面而來，或跟在後頭的人是誰。

「早安，筱月。」

「早安！譚先生！」筱月愉快地跟在他身邊，「好準時喔，在這兒等你準沒錯。」

「等我？」譚益齊有點驚訝，「什麼事是我這個瞎子幫得上忙的？」

「有，非常非常重要的事！而且只有你能做到。」筱月難掩興奮，替他按下了電梯。

遠方角落裡有個男孩正在偷看，筱月瞥了他一眼，伸手比劃了個十二。

譚益齊自然覺得奇怪，他們生活在一個社區中，由八棟大樓組成，簡單的A到H棟，每一棟有二十樓，是個人口密集的社區；社區中再區隔成三份，所以有三個中庭、三個出入口，一般說來，只有自己這個中庭的鄰居們比較會打照面。

而他與筱月都住在B棟，筱月在整個社區中相當有名，除了聽說非常漂亮外，是因為當初搬入時為獨自入住，聽說有阿姨但從未出現過；再後來，H棟的吳奶奶過世，遺囑裡竟將自己名下的B棟套房讓筱月住到畢業為止。

譚益齊住在B棟十樓，雖是盲人，但由於眼盲許久，所以高樓或是距離對他都不是問題；來到自家門口，進入後他卻刻意不關上家門，避免瓜田李下。

筱月回眸看了眼未閉的大門，真的是小心過頭了。

「你不會怕我對你做什麼吧？」筱月有些無奈。

「噢不，我只是覺得有些悶。」譚益齊總是能溫和化解尷尬。

「好吧，我開門見山地說喔！你最近是不是腦子裡有許多想法纏繞，連做夢都會夢到有類似雄偉建築物的地方？」筱月進屋，拉了椅子就坐下。「有一堆影像出現在你腦海中，但你不知道怎麼去消化。」

譚益齊像定格似的，詫異地看……或說是面對著筱月，「為什麼妳會知道這件事？」

對！這是最近莫名其妙出現的事，他腦海裡不停地出現許多建築物，嚴格說來只有一個，那彷彿在他腦海中興建一樣，從地基開始、一直到裡面的所有陳設，連牆上瓷磚的細節，每天都在他腦中或進展、或變化。

日思夜想，他只要一閒下來就會看見那些景象。

「因為那是上天的賜福。」筱月接著說出更驚人的話，「唯有被選中的人才能有資格設計那棟建物，而我需要你幫我畫下來、好好地設計。」

譚益齊又愣住了，他差點沒噗哧笑出來。

「筱月同學，妳……抱歉。」他客氣地輕笑，「我想妳住在這裡也有一段時間了，應該明白我是個盲人，畫畫？設計？我連筆在哪裡都看不到了。」

「所以你才會是天選之人。」筱月略微激動地握住他的手，「你的眼你的手，都是為了設計出最聖潔的建物而存在的。」

譚益齊敏銳地縮回手，這樣的接觸不應該，「妹妹，這樣不行。」

「作為交換，我會給你一雙看得見的眼睛。」筱月直言，「只希望你能把握時間，將設計圖畫出來。」

「什麼……什麼？等等！」譚益齊失聲而笑，「這是現在學生在玩的什麼大冒險嗎？」

筱月再度認真地包握住男人的手，「譚先生，你真的是我尋找好久好久，好不容易才找到的人！」

電梯門開，熟悉的足音傳來，譚益齊飛快地再度抽回手，尷尬地搖頭。「別拿我開玩笑！我已經瞎了二十幾年了，拿筆寫字都不可能，談什麼畫畫？」

足音逼近，譚益齊下意識地朝門口看去，門邊的足音漸緩，出現了一個年輕女子。

「譚先生？」細微的女聲有點訝異，「你有客人啊！」

「您好。」筱月即刻站起。「我是住同一社區的，有事想找譚先生幫忙。」

「很好耶！」女子走了進來，「我也能幫忙嗎？」

「欸，目前還是秘密。」筱月同時往外走去，「譚先生，明天再請你回覆我喔！」

譚益齊不知道該怎麼回應，只是站起來想送筱月出去，學生搖手說不必，開心地蹦跳離開了；年輕女子倒是顯得很興奮，譚益齊能與更多人來往是她所期待的。

「很棒耶！又交新朋友了！」于思蘭當自己家似的，自己倒起了茶。

「也不是，她突然跑來我有點錯愕。」譚益齊搔搔頭，伸手摸向茶几，「妳愛吃的蘿蔔餅我買回來了，吃一吃再出門？」

「好哇！謝謝你！」開心地說著，她坐下來與譚益齊聊天。

她是盲人相關協會的人，一直以來都是譚益齊的輔導員，每週三固定會來陪伴他，瞭解生活狀況或一起外出，或買東西，或帶著他參加聚會；由於譚益齊小時便因為意外失明，因此看不見的時間相當長，生活自理也沒問題，所以于思蘭主要是希望他能拓展人際圈子。

于思蘭是溫柔又貼心的女子，從不會另眼看他，日子一長，譚益齊早就心生愛慕；但他不會說也不能說，因為對女孩來說可能只是工作，畢竟她是個正常人，要能看上他這種瞎子太天方夜譚。

離開譚益齊家的筱月腳步無比輕盈，在下樓後，卻看見了意外的人。

「……詩郁！」她真的是相當震驚，但還是趕緊露出笑顏。

黃詩郁，曾是這裡的住戶，家庭美滿，尤其父親疼她如公主！她們還剛好同班，尤其在筱月剛轉學過來時，黃詩郁挺照顧她的；不過後來因為一綹「誤放」的頭髮，導致驗出她與生父的ＤＮＡ不同，夫妻離異，父親當即斷了父女情分，十數年的親情眨眼間化為烏有，黃詩郁也很快就休學搬離了。

「筱月！」見到筱月，黃詩郁有點吃驚跟尷尬，沒料到會這麼快見到同學，「好久不見！」

「快一年了！妳當時說搬就搬，大家都措手不及，同學一直跟我問妳的狀況呢！」筱月展現出絕佳的親切，「到底怎麼回事啊！」

「嗯……過去的事就不說了，總之現在我們搬回來了，打算重新開始。」黃詩郁四兩撥千金，不想說過去的痛苦，「我應該會晚一屆復學吧。」

「回來就好！大家都很關心妳呢！」

「班上大家都好嗎？我聽說一些有點可怕的事，尤其梅真殺了雨忻？」黃詩郁顯得有點不可思議，「我看社群說那時大家為了美術比賽搶破頭，還有很多人受傷！」

「那時有點誇張，也不知道梅真為什麼會這樣……結果得獎的是燕均，那陣子大家都很低迷，不過總算是過去了。」說是這樣說，為了比賽資格出意外、「被」骨折受傷的人大有人在，所以沒多久他們就都轉學了。「反正再聯絡，在網路上都能找得到！」

「嗯，等我安定下來……先幫我保密好嗎？」黃詩郁拜託著。

「沒問題！」筱月用力點頭，依依不捨地拉著黃詩郁，瞧著她進入自己大樓後，笑容逐漸消失。

怎麼會？那個疼她如公主的父親一知道DNA不對，不是立刻就翻臉無情嗎？這十幾年跟沒感情似的，怎麼會突然和好如初？反正如初是不可能的，畢竟她爸媽已經離婚，就算他們發現事實是DNA驗錯，她就不信黃詩郁心中會全無芥蒂！就算不是親生的，十幾年的父女之情比一張紙還薄，可以說扔就扔，她又不是孩子，冷暖自知。

筱月早先叫了快送，準備到社區門口去拿，此時又見到一個女人推著輪椅走入，輪椅上是個曾經美麗活潑的女孩，那是C棟的依依姊；他們是搶劫團夥，結果依依姊的男友突然發瘋，開槍殺了大哥與依依姊，再舉槍自盡……不過依依姊活了下來，子彈傷及脊椎，半身不遂，搶來的錢也花不到，現在是交保中，未來還得面臨牢獄之災。

「依依姊。」筱月趨前，難受同情溢於言表。

只有頭能動的依依望著那活動自如的高中生，只是默默流淚，闔上雙眼；筱月再看見推著輪椅的女人，有幾分面熟，長得跟依依姊死去的男友有幾分神似。

女人只是頷個首，逕自推著依依離去。

呼！誰吶？看年紀不下是男友的媽媽吧？他們之間的猜忌是她用一支假的手銬引發的，之前還對她說什麼義氣，她用一支手銬就能讓他們自相殘殺了。

筱月正首往門口看去，發現外送已經到了，她趕緊奔過去接手。

「謝謝！」她自備購物袋，接過一大堆食物。

「一個人吃得完這麼多？」外送員笑著，筱月卻陡然一愣。

揚睫，看著安全帽下的臉，很不想接過食物，還用力深呼吸表達不滿。

「你這次又是誰？」

每次見這個男人都是不一樣的身分，外送員、搬家公司、房仲、咖啡廳店員，應有盡有。

「純外送啊！放心，正常食物。」男子只是戴著口罩，否則有張非常俊俏的臉，而且是誰見誰舒服的那種模樣……扣除掉她。

筱月沒好氣地接過食物，上下打量他，是她錯覺還是怎樣？為什麼就覺得這傢伙在她身邊陰魂不散？

此時大門口剛好有數位人員走進，正在警衛處登記，大家都穿著黑色的衣服，現在社區內辦喪事的，也就只有陳家了。C棟的陳牧靜之前失蹤三天，最終被發現陳屍在辦公室的天花板內，全身被老鼠啃蝕，死因聽說是心肌梗塞，直到血水從甘蔗板滲出才被發現。

但人為什麼會在天花板裡？監視器拍到她像是被人吊上去的，只瞧見她掙扎的雙腳，但沒看見任何其他人，案情陷入詭異當中。

「筱月！」進門的女孩簽名登記後，轉頭看向她嚇了一跳。

「韻怡姐、珮佳姊！」筱月把一整大袋食物塞給外送員，讓他先幫忙拿著，「妳們是為了……牧靜姊來的嗎？」

「嗯，想說總是盡份力，畢竟同事一場，想幫忙處理喪葬事宜。」韻怡點點頭，滿臉哀淒，但她卻是之前被陳牧靜霸凌的人。

筱月之前曾去陳牧靜公司打工過，所以見證了所有經過。陳牧靜搶功勞、盜取企劃、多加陷害，她就是想踩著同事往上爬，現在爬上了天花板，可是比誰都高，應該滿意了吧？不過呢，這幾個被欺負的居然跑來協助喪葬事宜？真是意外。

「也不知道出了什麼事，警方還在調查。」筱月又是難受地嘆息。

「我們現在也都不敢加班，有人說啊……」韻怡欲言又止，悄悄對筱月附耳，「她是被那、個殺死的。」

筱月倒抽一口氣，圓睜雙眼。「聽說辦公室之前不是有人因為被霸凌所以自殺嗎？」

韻怡憂心地點點頭，登記完的珮佳姊走了過來，「我們該上去了，筱月，再找妳聊！」

「好，我等等有空會過去瞧瞧。」筱月趕緊道別，目送著一群前公司同事離去。

她才不會過去瞧咧。

轉過身，外送員笑吟吟地把東西遞給她，「瞧，被霸凌還是會以德報怨，剛剛推依依進去的可是她男友的姊姊呢，還有妳同班那個女生是不是也回來了？」

「那又如何？死人不足為懼，做點表面功夫又何妨？至於耀中的姊姊，如果她知道依依姊可能背叛她弟的事會怎樣？」筱月接過購物袋，挑高了眉，「不必擔心，我沒那個閒功夫，我好不容易找到一個無懈可擊的人，要好好地設計我想要的祈禱所。」

「我不擔心啊，這些人本不干我的事，我就是有趣，想看妳要做什麼……所以，找到了？」

「對！」筱月雙眼熠熠有光，「就這麼一小個社區，我挖過這麼多坑，就獨獨一個完全不會往裡跳，他所設計出來的祈禱所絕對是獨一無二的聖潔，才值得我向上呈獻！」

外送員明確地看向譚益齊住所的方向，筱月雙眼驀地冰冷，「你少打他的主意。」

「誤會，我可沒有要針對這裡的意思……嗯。」外送員瞇起眼，「但妳房裡有個男孩……」

「那就更不關你的事了。」她將一張鈔票塞進他手裡，「小費啊！」

「哇，真大方。」

「我對人類以外的東西，都很大方。」筱月說得自然，愉快地朝自己家裡走去。

一進入電梯，角落突然衝出一個臉孔扭曲的老人家，她咆哮張口時吐出一大堆血，「滾！」

「別鬧了，吳奶奶，妳一人之力做不了什麼的。」筱月看著猙獰的吳奶奶，「妳放心，我絕不隨便傷害人的！我一定讓你們人類自己選擇喔！」

她不以為意地走回家，還沒拿出鑰匙，男孩就為她開了門。

這是陳牧靜的鄰居，叫志霖，明明十七歲卻骨瘦如柴，營養不良得像國中生，因為家裡一天最多給他一餐，若遇到假日就根本不給他吃飯，且動輒得咎，父母從不打他，但精神虐待才是更高明的做法。

男孩聰明絕頂，觀察力敏銳，不知道在多久前就看出了筱月的不尋常，也默默偷看著她對社區人的所有行為。

而且，他還看得到一般人看不到的東西。

「我這次學年第一，所以我爸連廁所都不讓我用了。」志霖苦笑著，「我忍到剛剛，但我有好好打掃乾淨喔。」

「沒關係的。」筱月不在乎地把食物搬上桌，「我點了很多，你愛吃多少就吃多少。」

志霖看著滿桌食物，感激涕零，自從被筱月發現後，她不但沒殺他，還救了他！讓他可以吃飽、洗澡、上廁所，感受到前所未有的溫暖。

要不是不能過夜，讓他睡在廁所都甘願。

「誰教你弟是個蠢蛋，你太優秀了！就顯得他們的親生孩子蠢笨了！但你可別收斂，人生是你自己的，除了你之外沒人會在乎的。」筱月語重心長，「你要變得更好、更強大，才能面對自己的人生。」

志霖塞了滿嘴食物，點頭如搗蒜。

不過他的眼神卻不自覺地瞥向了角落的箱子，他記得那口木箱，B棟有個教授跟小三研究生全裸死在一起，後來他妻子搬家時，有個搬家工人獲得那箱子，結果卻搬下樓送給了筱月。

「看什麼？喜歡嗎？」筱月語出驚人，「喜歡就送給你啊！」

「咦？」剛咬著的貢丸差點掉下來。

「嗯，你愛怎麼用就怎麼用！」筱月邊說，一邊把整個箱子推到志霖身邊。「好好思考喔！善用它。」

志霖趕緊把筷子放下，打開木箱蓋一看，裡頭果然是好多紅酒，他在大賣場看過類似的箱子，裡頭就是裝紅酒的；不過，聽說那個教授發明了一種毒藥，被小三加在紅酒裡，兩個人才一同殉死的，這裡面該不會？他不安地看向筱月。

「對，你應該也看得見吧？整個箱子都相當陰暗，有怨氣纏繞。」筱月喜歡志霖那雙可以看見不凡的雙眼，「應該每一瓶都有毒藥吧。」

「哇……」

「無色無味，遇到高溫毒性依舊，死因會像心肌梗塞，但死前會極其痛苦，驗屍很難驗出，必須經過特殊化學藥劑中和血液才能得知。」筱月挑了挑眉，「託吳奶奶的福，再加上教授的身故，法醫已經知道了！現在要做到不留痕跡就難了。」

「但只是能驗出毒物而已吧？」志霖若有所思，「不代表能找出誰下的毒啊。」

筱月開心地瞅著高中男孩笑了起來，她喜歡這孩子不是沒有原因的。

「全都給你，讓你任意使用，好好思考要怎麼用，才不會露了馬腳喔！」筱月再加碼，「箱子可以放我這兒，我想你家也不會讓你擺放這些東西。」

志霖點點頭，「而且他們可能很快就喝掉，那就……太浪費了。」

沒錯沒錯！他還不知道要怎麼對付家人，總不能太輕易讓他們死掉對吧？他只是被領養來的孩子，在他沒記憶時曾被寵愛，但當父母有了親生孩子後，他就變成了想丟又不能丟的燙手山芋。

要不是殺人有罪，他應該已經被爸媽殺掉了吧？但就是沒有，他才活得格外辛苦。

「自己的人生，要自己把握。」筱月為他插了吸管，把飲料遞上前，「加油。」

＊＊＊

譚益齊今天差點沒有興奮到心臟病發！早上他睜眼時，發現自己不但看得見光，而且視線逐漸清晰，在中午前就能看清這個世界了！

他不敢置信地看著自己的家、看見鏡子裡的自己，上次見到世界是二十五年前啊！連梳理都沒有，他就衝向了筱月的住所。

筱月彷彿等著他似的，為他泡上咖啡，顏值甚高的繽紛甜點，想讓他一次看得夠似的；他看著筱月有點出神，那真的是非常美麗的女孩，社區裡大家的讚美並未有錯；但電梯裡有個面目猙獰的奶奶卻教他害怕，走廊上遇到的鄰居臉上死白，還有個肺部一團黑，教他有點心驚膽顫。

「別擔心，因為要讓你完成設計，你的雙眼必須清明，那些人都是將死之人，黑點的部分是致命處，應該是肺癌吧？」筱月坐了下來，「這樣你才能選好的材料，真正的寶石，打造獨一無二的祈禱所。」

筱月遞出一卷羊皮紙，鄭重地擱到他面前。

她要打造類似教堂的地方，但她又不說是教堂，而說是祈禱所；因為她要敬獻的對象更崇高，凌駕於宗教之上，她要譚益齊將腦子裡的設計都畫下，再加以修改，成為一個聖潔高尚且莊嚴之處。他是被選中的人，設計圖會在他腦海中不停誕生、再讓他閱讀相關書籍，加以修正，打造出神聖之處。

「我……全部我設計？我對建築設計完全不熟啊！」

「你會懂的，我已經備妥書籍給你，你只要願意用功就沒問題。」筱月堆滿微笑，「上天不只給你光明，也給了你天賦，哪還有這麼多疑問啊？」

啊啊……是啊，譚益齊再次看著眼前的一切，美麗的少女，可口的甜點，醫生說他的視神經早已萎縮，這次能重見光明，本來就是神蹟啊！

「妳是……誰？」譚益齊激動地壓制情緒。

「一個想送禮的人。」筱月指指羊皮紙，「最後的設計稿請畫在這裡，一切拜託你了。」

譚益齊將羊皮紙握進手裡，內心卻有些恐懼，「那……當我完工後，還、看得見嗎……」

「看得見，這是報酬，而且你也會保留設計天賦與美感。」筱月斬釘截鐵，「你將再也看不見魍魎魑魅，或是預見人的死亡，你會像個正常人一樣，擁有健康的雙眼。」

譚益齊看著筱月，一時難掩激動，主動握住她的手，伏案痛哭，那是喜極而泣的淚水啊……他很久以前曾經日日祈禱，某天睜眼能重見光明，不知何時早已放棄，連醫學都辦不到的事，而今發生了！

「但拜託，千萬不要做出褻瀆聖物的事情。」筱月溫柔但帶著警告，湊近桌面說著。

「咦？」譚益齊滿臉淚痕地抬首，「褻瀆？」

「貪念、殺人、欲望、傷害、說謊、虛偽，這些道德上或刑法上的錯誤都不能犯。」筱月語重心長，加重了手裡握著的力道，「這是聖潔的殿堂，你該明白，不能由污穢之徒設計。」

譚益齊壓力龐大地倒抽一口氣，他明白，但聽起來有點困難。不過轉念一想，他會被選中，正是因為他都沒有這些欲望，也不曾因此犯錯啊。

「我會努力的！絕對不辜負這雙眼。」

「我期待著。」

＊＊＊

下個週三，譚益齊迎來了他朝思暮想的女孩。

于思蘭貌不驚人，一頭長直髮，滿臉雀斑，戴著圓又拙的眼鏡，但是在譚益齊眼裡，她依然閃閃發光；為了他重獲光明而欣喜若狂的她、又哭又笑的她，都讓他覺得心動！

這就是陪伴他七年的女孩，有著全世界最溫柔的心。

他不敢貿然表白，只是刻意約她外出吃飯，以表這些年的感謝，但也不敢花太多時間在個人生活上；他知道祈禱所的事迫在眉睫，筱月給他的書籍他簡直過目不忘，進步飛速，連于思蘭也幫著給意見、找資料，兩人不止一週見一次了。

譚益齊很想問筱月，如果那是類似教堂的地方，如果他能結婚……不知道能不能在他所設計的地方結婚呢？

他想像著于思蘭穿上白紗的模樣，站在他身邊，挽著他的手……人生似乎這樣就圓滿了！

直到，她手上的戒指出現在他眼前。

「那個……新戒指？」他有點緊張，位子不對。

「嘿……」于思蘭紅了臉，揚了揚左手無名指，「你是第一個發現的耶！」

譚益齊喉頭緊窒，難受得覺得心臟梗住似的，她……她有男友了！而且無名指上的是婚戒啊！

「他週日跟我求婚的，好開心！」于思蘭洋溢著幸福，「如果有機會，真希望在你設計的教堂裡完婚！」

他沒有跟她解釋太多，所以也簡稱是教堂……他原本希望，在那裡結婚的是他與她。

「應該……來不及。」他苦笑著，拚了命才能擠出笑容。

「但我月底的婚禮你一定要來喔！你是我很重要的朋友！」于思蘭認真誠懇地看著他，望進他雙眼裡的眼神如此地清澈。

清澈到他在這一瞬間，多希望自己看不見。

他點了頭，除了點頭之外他還能做什麼？心碎也不能讓她知道，現在告白更是錯誤，只會失去這個朋友罷了。

她對他而言很重要，是他不該抱持過多的期待，以前就算愛慕也不敢多想，因為甚有自知之明，但一旦看見後，心態卻變得不一樣了。

他有過多的奢求，自以為整理過後的自己能吸引人、擁有知識的自己可以獲得青睞，太多的自以為……甚至以為她會喜歡他。

「看得見後，我好像野心變大了。」望著紙上逼近完工的草圖，譚益齊幽幽地說。

「是嗎？我記得你是清心寡欲的人啊！」筱月滿意地看著設計圖，「不過惡是正常的，因為看不見的世界中，東西太有限，自然容易滿足；看得見後，狀況就不同了。」

「唉……」譚益齊一聲長嘆，多說無益，因為這個女孩在乎的只有設計圖。

「快完成了吧？期待你畫上羊皮紙的時候！」筱月認真地拍了拍他，「完成之後，你就擁有新人生了！」

是啊，是啊……譚益齊苦笑著，新人生裡沒有那個女孩，是何等的苦澀？

筱月滿心期待地離開，今天韻怡姊她們又去陳家了，她得去做個樣子，順便去看看志霖怎麼了？暑假已到，他便連著三天沒出現，因為他再也不能利用放學後來找她，可能會被活活餓死在家裡吧！

人類也真奇怪，沒孩子時說要領養，說什麼視如己出，結果自己突然能生了，就把領養的孩子當垃圾了……血緣真的有這麼重要嗎？到底是愛與親情重要，還是ＤＮＡ重要呢？

人類真的比想像複雜太多了！

進電梯前恰好看見于思蘭，筱月微笑頷首，兩個人寒暄兩句後，拎著東西前往譚益齊家，筱月回頭瞥了一眼，好像是喜餅。

不好，她有點不安，希望她沒看錯人啊！她知道譚益齊喜歡那女孩，可別因為嫉妒鑄下大錯！

『住手啊！求求妳了！』一進電梯，吳奶奶又迎面衝來，『不要這麼殘忍啊啊啊！』

唉，筱月搖了搖頭，「吳奶奶，做決定的不會是我！妳不要這麼緊張好嗎？」

『啊啊啊……啊啊……』電梯裡的燈一明一滅，搖晃得厲害，但筱月怎麼可能會怕，亡靈的伎倆只能嚇嚇心虛膽小之徒。

「譚先生！」于思蘭敲門後自然地步入，「我送喜餅來了。」

手上的筆一顫，譚益齊心頭又一重擊，他努力平復心情，練習了好久，下定決心要給她一個真誠的笑容。

「恭喜了！」他轉過頭去，練習已久的笑容就此僵住。

于思蘭的腹部有一團深黑的影子，連同頭部也有黑影！他被嚇得動彈不得，冷汗直冒。

「我先跟你說，幫你安排了活動請你一定要參加喔！許多人都等著聽你的勵志故事。」女孩為他安排了更多的聚會與演講，「還有醫院回診，你一定要記得去，再忙都得去……唔！」

她話說到一半，略蹙了眉，伸手壓壓腹部。

「怎麼了嗎?」他虛弱地問。

「不知道怎麼了,最近就總是不太舒服,肚子有時會有點痛,而且一直像發燒……又沒燒很高!」于思蘭無力地笑著,「應該是籌備婚禮太累了,一直睡眠不足吧!」

不是,譚益齊壓制住全身的顫抖。

「對了,我聽一個王太太說,上次你突然請她去做健康檢查,結果她及早發現子宮頸癌耶!」于思蘭好奇地湊近,「怎麼這麼厲害?是巧合嗎?還是你的眼睛……看得見什麼?」

腫瘤嗎?這麼近,譚益齊可以看得更清楚,不是意外不是車禍,于思蘭身上有病,沒有嚴重的症狀卻早已擴散,起點應該是肝癌,但腸胃均已蔓延,可怕的是連腦部都轉移了。

他為什麼現在才看見?譚益齊滿臉悲傷地望著她,為什麼不能及早發現……不,他恢復光明也才兩個月,女孩的病是早就有了!

「怎麼了?你怎麼這樣看著我?」于思蘭嚇到了,心頭一緊,「你真的看得見嗎?神賜你光明,所以你看得見……我怎麼了?我是不是出事了!」

譚益齊低下頭,他千不該萬不該提醒王太太,只是看著她好不容易高齡生下孩子，那副珍惜孩子的模樣，他一時疏忽提醒她注意身體的！

于思蘭緊張地往自己身後看，「我後面有什麼嗎？死神？還是？」她終於拉起譚益齊的手，「我求求你，譚先生！別嚇我！」

譚益齊克制情緒，終於抬起頭望著她，「妳在緊張什麼？」

「我是不是會出事？還是我生病了？」她緊張地落淚，「我可以先取消蜜月，如果會有意外的話……」

治療也來不及的，如果她不去蜜月就太可惜了！人生的最後，應該要多留點美好的回憶對吧？

「沒事！妳想多了！怎麼會有事呢？」譚益齊溫柔地露出堅定的笑容，「妳別聽他們亂說，王太太的事只是巧合，畢竟她高齡產子，我之前在網路上看過相關訊息，她這個年紀本來就要格外注意的！」

「啊？」于思蘭一愣，「……巧合啊！」

「巧合。」

「所以我……不會有事嗎？」她依舊戰戰兢兢，「可以按照正常地結婚、蜜月……」

「妳好得很！」譚益齊的口吻幾乎從未這麼肯定過。

于思蘭鬆了一口氣，淚水因此湧現更多，露出燦爛的笑顏，那是過度緊張後放鬆的反應。

由於她要請婚假跟蜜月假一個多月，所以為譚益齊安排許多活動與演講，這些之前都跟他確認過，在不影響他畫設計稿的前提下安排的。

然後，他得去考試，拿個證照好說話嘛！

送于思蘭出門，譚益齊悲傷地看著她幸福的背影，他不知道她還剩下多久，但希望她能幸福。

淚水忍不住滑下，他關上家門，抹去淚水時，突然覺得眼前的世界變得模糊了些。

＊＊＊

狗的嚎叫聲淒涼地響起，警衛室的林伯汗毛直豎，嚇得起身往窗外看去，這叫聲如此熟悉，莫不是之前走丟的那隻點點。

他趕緊步出警衛室，走到社區外察看，聲音這麼近，但怎麼就是瞧不見呢？

「嗷嗚……」吹狗螺的聲音就是讓人不安，林伯左顧右盼，但他再怎麼看，也瞧不見那個在他腳邊的狗兒。

那隻黑狗早就被人拿去試毒，埋在後山上了，靈魂不走除了為了林伯，也是為了某個在社區捲起不幸的女孩吧。

「哎唷，哪來的狗叫得我心驚膽顫。」媽媽趕緊關起窗戶。

「不要亂想啦！就狗狗在叫而已。」女孩拿好碗盤，轉身走了出去。

餐桌邊是正在擦桌子的父親，他們曾經是感情甚篤的父女，但是因為一個DNA化驗出錯，讓父親以為她不是他的女兒，當即忿而離去、與母親離婚，十幾年來的親情立即化為烏有，彷彿不曾存在過；人與狗相處久了都有感情，但人與人之間卻如此淡薄。

但媽媽堅持重驗，才證實之前化驗有誤，她確實是父親的孩子；可是裂痕已在，她再如何也不可能成為父親最疼愛的小公主了。

而原本與父親親暱的弟弟唯冠，也變得沉默寡言。

「準備吃飯。」黃詩郁禮貌地說著，與父親相敬如賓。

「好，謝謝。」父親待她也如同客人般，他們都知道，再如何的父女親情，都已經回不去了。

即使雨過天晴，她也決定高中學業完成後就搬出去吧！雖然老天像是跟他們開了一個玩笑，但也讓她理解到了人類情感，可以如此堅強，也可以無比脆弱。

「我去買點酒吧！」

H棟的走廊傳來聲音，大叔走了出來，她記得那是吳奶奶的孩子，一群人今天超熱鬧的，像是家族聚會。

黃詩郁逕自聳了肩，事情是她搬走後發生的，聽說吳奶奶的孩子聯手毒殺了自己的母親啊……很難想像，但是他們今天還能聚會，真的很詭異……但說穿了，也不關她的事對吧。

「大哥，買什麼酒！我就帶很多了！」三弟走了出來阻止，「喝不夠再去買！」

「不是，你們準備這麼多東西，我都沒有……」大哥邊說，一邊被拖回屋子裡。

回到他們母親生前住的屋子，雖然當初母親過戶給李爺爺了，但李爺爺沒搬過來住，屋子就擱置在這兒；今天兄弟們跟李爺爺商量了回到這兒，齊聚一堂，數月前母親在他們面前死亡，兄弟姊妹們一夕之間成了毒殺生母的兇手，讓每個人痛不欲生；不過經過幾個月的審理，已經發現了新的證據：母親是自殺的。

大家終於可以放下心，聚在一起好好吃個飯。

「坐坐！」嫂子連忙端上湯，「家人們好久沒一起吃飯了。」

么弟聞言落淚，上一次在這裡這麼熱鬧時……媽媽還在啊。

「別哭了！」大哥拍拍么弟，「我們都知道。」

「媽為什麼要這麼做？她怎麼會自殺？」老么無法接受，「生病了也不跟我們說，就因為不想治療而自殺，一點兒都不像媽！還是因為我們阻止她跟李先生的黃昏之戀，跟我們賭氣？」

驗屍報告出來，吳奶奶得了癌症，已經是末期，一直瞞著家人，所以可能為此選擇自殺。

「這件事已不重要了！反正媽把大部分的錢都給了那個男人，現在最重要的是，我們擺脫了嫌疑。」二姐凝重地說，「我想媽應該是故意的吧？」

故意陷他們於罪，檢警要查出真相並不難，只是需要時間；但就是這段時間給他們太大的折磨，光面對社會的眼光，就足夠他們生不如死了；每個人都被公司辭退，所有人都在他們頭上扣上弒母的帽子，他們連做人都難了，誰有空想財產。

雖然也無法否認，每個人之前都對母親的財產有所覬覦，再怎樣都覺得那是未來屬於自己的，怎麼能讓媽媽遇上個老男人就被拐走？

「媽下手也是夠狠的。」老三由衷地說，「看看我們現在，沒有家破人亡已經是幸運的了。」

「這是媽最後的教訓啊，我們也的確對媽……不是那麼上心。」二姊自我承認，「這裡誰不是惦著媽的錢？」

一屋子沉默，太太們在廚房聞聲，尷尬不已。

「話說媽怎麼拿到那種毒藥的？」老么的老婆想趕緊扯開話題，「發明者後來還跟情婦死在一起！」

「欸欸，對！事情鬧得很大，毒藥似乎是那位教授親自發明的！」

「唉！好好的人生搞成這樣……是他把毒藥給媽的嗎？」老大憤怒一搥膝，「那真是死了活該！」

女人們為各家男人倒上酒，終於得以坐了下來。

「好了，不愉快的事別提了，事情總算是過去了。」二姊舉起杯，「無論如何，希望大家接下來都能幸福。」

「是，平安就好。」經此之事，大家所求唯有平安。

一家人終於團聚，高舉著杯子，互擊鏘鏘。

但遠在數公尺之外的電梯裡，那已逝的吳奶奶蹲在電梯角落裡痛哭失聲，電梯裡的燈閃爍，彷彿象徵著她的痛苦。

她留了下來，卻什麼都做不了，她的孩子為什麼還要回來這裡啊啊啊！

為什麼，她要留下屋子，給那個惡魔般的少女！

晚飯時間，家家戶戶都亮著燈，今天是難得的週末假日，幾乎許多家庭都會聚在一起，共享天倫，分享著這一週來的生活點滴；母親或父親總會煮上一頓佳餚美食，以食物聯繫著家人。

社區大樓正中間，女兒牆上正坐著纖弱的身影，她依舊身著高中制服，失望地看著手裡的設計圖。

「Knock、Knock。」頂樓的門被象徵性地敲響，「同學，坐在那邊很危險喔！」

筱月回首，見著西裝筆挺的俊帥男子，沒好氣地哼了一聲。

「這次不是外送員囉？」

「今天是檢察官，來跟陳家人說一下案情經過！」男人朝她身邊走來，「託妳的福，他們的寶貝女兒慘死在天花板裡，證實無他殺痕跡。。」

「她也算得償所願了！」

「不管我們做什麼，最終的選擇都是人們自己。」男人深表同意，來到了她的身邊，「好美的設計圖。」

「是嗎？」筱月揚了揚那張羊皮紙，瞬間自角落開始自燃，「但是卻污穢不堪，噁心的作品。」

「呵……等等，妳這變化也太快了。」男子清了清喉嚨，「我記得誰說過，那是獨一無二的聖潔設計，來自一個無懈可擊的人？」

筱月的眼神轉為冰冷，火燒盡了她手中的羊皮紙設計圖，她手一鬆，灰燼隨風散去。

「人類真的太不可靠了！」漂亮的筱月氣急敗壞，「不可信，貪婪、自私、骯髒，為了找一個值得的人，我花了多少時間啊？結果他說謊了！」

「那是善意的謊言吧？」男人忍著笑。

今天是那個女孩的婚禮，但譚益齊一整日沒有邁出家門，因為他已經看不見了，他的世界，再度回到了黑暗。

他當然知道為什麼，在勉強還見得到光時，將完成的設計圖放到了筱月門口。

「謊言就是謊言！每個人都對我耳提面命，說人類是複雜的，不單純只是我想的那樣，什麼很醜陋但也很美，是一體兩面的呈現。」筱月失望透頂，「結果呢？事實證明我沒錯，就是醜！我想要的東西就這樣落空了。」

「妳真的還不懂。」男子打趣地搖了搖頭。「這就是人類有趣的地方，極盡醜惡中的美，黑暗殘忍中的光，因為罕見所以更令人欣賞。」

筱月冷冷地看向他，「我聽不出來你在讚美還是在諷刺，但無論如何，從你口中說出來格外可笑！你在人界做的事，我也不是不知道。」

「咦，我從不挖坑喔！」男子立即撇清關係，「我跟妳的做法不同。」

「開玩笑，我怎麼可能跟你一樣。」筱月露出睥睨神情。

夜涼如水，男人往下看著整個靜謐和諧的庭院。

「那個火燒自己丈夫的盲眼妻子正在致力於燒燙傷患者的福利，被妳用一綹頭髮毀壞的父女還是重聚了，沒有去爭奪美術比賽資格的同學最終卻獲獎了，吳奶奶的家人不再針對李爺爺，重聚且放下。」男子幽幽地說著，他的聲音好聽到熨貼人心，「廖太太重新開始生活，致力事業，廖先生的毒藥也被證實對某些絕症有益處，耀中的姊姊親自照顧依依，在公司裡被欺負的同事，卻一直照顧陳牧靜的家人——這就是黑暗中的光啊！」

筱月再度轉頭看向他，冷冷一笑。

「那女人致力於燒傷患者，是因為她有罪惡感，畢竟她因為誤會親自燒死丈夫；黃詩郁他們是因為證實DNA錯誤才會誤會冰釋，但他們父女的裂痕將永遠存在，連她的弟弟心理也已出現問題；燕均能獲美術獎的是因為真正厲害的都自相殘殺光了，等她能夠在社會脫穎而出再來談後續；吳奶奶的家人因為失去太多才懂得珍惜，但為了這一刻卻失去那麼多值得嗎？」筱月一一駁回，「依依活下來卻只有腦子跟嘴能動，耀中的姊姊來照顧她是寬容還是別的目的未可知；那些被陳牧靜欺負的同事當然會在這時表現大愛，污辱她們的人都走了，還有什麼好計較的。」

「呵……」男子忍不住笑了以來，「妳比我更像惡魔吶，筱月。」

「哼！」筱月高傲地抬首，「不過我知道你說的事，有些是對的，人類並不好懂……像吳奶奶給了素昧平生的我房子住，譚先生寧可放棄光明也要說謊，被虐待的志霖始終最想待的還是施虐者的身邊？」

「那是愛。」

「我懂什麼是愛，我愛世人啊！」筱月說得理所當然，「但前提是得值得被我愛吧？」

男子笑著搖頭，她還是不懂。

突然間，中庭裡倏地出現一個又一個的黑色陰影，密密麻麻的越來越多，男子緊張地欺身向下看，錯愕不已。

「這是什麼？」

「我的最後一個期待。」筱月睨著其下出現的黑影，略蹙了眉，「你覺得人類會不會讓我失望？」

死神使者一個接著一個出現，緊接著某棟住戶裡終於發出了淒厲慘叫聲——呀！

「哇啊！」門砰的推開，有人踉踉蹌衝了出來，「救命！救……嘔……」

那個男人邊喊邊吐，咚的倒在地上抽搐不止。

緊接著更多的慘叫聲傳來，也有更多人奪門而出，更多的人倒地不起，在痛苦中離世。

「呀！！救命！」

「哇啊啊……」嬰兒的哭聲開始傳來。

唰啦，落地窗的聲音一扇接一扇地打開，門也一扇扇開啟，有人奔出尖叫但沒事，有人奔出後沒多久也跟著倒地，然後筱月的目光放在了C棟。

輪椅突出在陽台邊，那是依依，她的輪椅被推得非常非常前面，直到幾乎要翻了過去。

完全不能動的依依只能恐懼地望著黑夜，還有隱在雲後的一抹月光。

終於，推著輪椅的那雙手使勁往前，將依依從輪椅上推了下去——砰！

一波未平、一波又起，整個社區充滿慘叫聲之際，依依的墜樓像是樂章中間的低音鼓。

「很蠢吧，她完全不需要沾血的，只要按時餵她喝水就好了。」筱月輕盈一躍，腳尖點在了女兒牆上，她就這麼站在女兒牆頭。

然後，她與男子同時向右方看去。

不遠處的男孩正欣喜若狂地朝她奔來，手上拿著空酒瓶，男子不由得蹙眉。

「那天，我寄放在妳那邊的紅酒呢？」

那些全部注射有劇毒的紅酒。

「我讓人類自己選擇了。」筱月噙著笑看向奔來的志霖，「讓他選擇自由使用。」

那箱紅酒有許多種使用方式的！他可以就這樣放在她家，也可以自己飲下結束痛苦的生命，或是送給他應該恨的養父母，但筱月卻完全沒想到——這麼有創意的做法。

「我做到了！我做到了！」志霖衝了過來，看見男人有點卻步，「我……」

「沒關係，他都知道。」筱月肯定地說著。

志霖這才放心，高舉著瓶子，「我把它們倒進水塔裡了，我可以讓每一個人都喝下去！」

能耐高溫的劇毒，就算煮成湯煮成飯，毒性依然強烈。

「為什麼？」男人不可思議地上前，「這社區的人都跟你有過節嗎？」

「不……不是。」志霖雙眼熠熠有光，仰頭看向了筱月，「想見證奇蹟，不是應該要付出代價嗎？」

他恭敬地跪了下來，用渴望的眼神看向筱月。

世界對他並不公平，父母對他極度惡劣，他只是被領養來的孩子，在父母的親生孩子出生後，他就成了多餘的人。

沒有親情、沒有友情，表現優異反而說在壓低弟弟，沒有資格吃飯、睡覺、洗澡，他其實是沒有資格活著的對吧？

像他這麼卑微的人，竟能遇到奇蹟，這是上天的補償，一種恩賜！

「我想要幸福，比別人幸福多一點點就好。」志霖綻開渴望的笑容，雙眼裡都是淚光，「請天使賜福給我……」

「你……他知道？」男子詫異非常，「妳怎麼教他的？」

「我可什麼都沒說。」筱月冰冷地看著男孩，其實男孩是真的有點可憐。

「我看得見她背上的光芒，我知道所有傳聞中的天使顯靈，都是在滅城或屠殺之後才會出現的，不用一定數量的人命交換，如何能讓天使現身？」志霖說得理所當然，「請收下我的誠心！我把這社區人的命獻給您！」

請展開您的雙翅，給我幸福吧！

唉，筱月搖了搖頭。

「你真以為就區區這幾百人的性命，值得我的現身嗎？」筱月冷冷一笑，「湊個幾萬人再說吧！」

咦？志霖僵在原地，看著纖弱的女孩踮腳一蹬，躍下了高樓。

他沒有見到傳說中的雪白翅膀，只看見女孩消失在自己眼前，彷彿受到重大打擊，志霖完全無法接受，瘋狂地起身衝到了女兒牆邊。

「不……不能這樣！妳如果需要我殺更多的人我會的！我願意！」他歇斯底里地哭喊，「只要妳給我點幸福，給我……」

女孩已經不見蹤影，沒有墜地，也沒有飛上天空，就這麼消失在世界上一樣，男孩什麼都瞧不見。

只有天空緩緩落下的一枚白羽，輕柔地飄到他的面前。

志霖淚流滿面，顫抖著伸出手，緊緊握住了那根白色的、泛著微光的羽毛，但即使如此，就足以讓他激動不已。

「我會再努力的！我一定會……」志霖抱著那羽毛，趴跪上地痛哭失聲。

再努力什麼呢？男子默默地看著男孩，是能更幸福？還是想再殺死幾萬人後，真實見證天使降臨的神蹟呢？

無論是哪個，他都不認為這男孩有能力去完成了。

殺了這麼多人的他，未來就是牢獄生涯，如果說服刑比他現在的日常生活更能感到幸福，那天使或許也是做了一件好事。

聽聽這社區中的哀鴻遍野，數百條人命的離去，男子在痛哭的男孩面前也跟著消失無蹤！

唉呀！他忘記問那女孩，這個人類的選擇，究竟有沒有符合她的期待。
但終究，仍不足以換得一次的天使降臨啊！

後記

又是一場奇妙旅途的結束。

時間過得真快，從二〇一八在《皇冠雜誌》連載開始，居然可以集結到出成兩本短篇作品，既開心又覺得光陰匆匆。

還記得來信邀稿時的喜悅與想法，然後第一本《筊菁闇語：噬鏡》於去年出版，轉眼近三年後，專欄連載於今年六月份全部結束，集結成如今您捧在手裡的第二本書：《筊菁闇語2：厄鄰》。

連載一共三十一篇，聽說是專欄裡算多的篇數，這一切都要感謝喜歡我的您們。

連載分為兩部分，第一部分的十五篇以一位神秘的黃先生串場，他從許多人的全世界路過，偶爾能起到點關鍵性作用，大部分時候算是一個旁觀者的角色；第二部分的清純美麗高中生筊月，她卻是積極參與的人。

筊月參與每個人的人生，不管是誘惑或誤導，有時只是做個動作、多說一句話而已，總之她樂此不疲地介入每個人的生活，但最終的決定，依舊在人們的一念之間。

以本書的各篇來看：

你相信真愛嗎？真的沒有任何事會改變？

你覺得親情是在於陪伴與相處的幾十年感情，還是因為DNA？

孝心有時也會是種壓力，畢竟「我是為了你好」這幾個字，不管是長輩對晚輩，或是晚輩對長輩，都是殺手鐧！

結婚的誓言，有多少可以貫徹到老？已婚人士回頭看一下自己現在的生活與另一半，是否依舊如同那天的誓言中般說的閃閃發光？

男人間真的很講義氣，但禁得起試探嗎？

在職場裡，即使你與世無爭，就真的能避禍嗎？但想要有所作為，又不能不爭，但爭取升職加薪的過程中，能不能和平？

本篇最後的故事，其實與親情DNA那則相呼應，而這兩則都是有所本的。照慣例，其實我絕大部分的故事都是有所依據，有的是真實發生的事，有些甚至是新聞，而親情這兩篇故事讓我非常好奇的，因為兩則新聞的最終結果，都是DNA代表一切。

當然有時只是一時情緒上來，有的人會覺得戴了綠帽憤怒難當，不過也因此傷害了孩子們，當冷靜下來後，總會發現這些年親情才是珍貴……但往往這個一時情緒就已經撕裂了親情，裂痕就此產生，而且再也不可能無痕。

我記得交出第一篇時，編輯覺得不可思議，問著筱月為什麼這麼壞？我笑著回答她，但做決定的人最後都不是她啊！如果每個人可以多思考幾秒、多面向看事情，冷靜地處理，是不是結果就不同了？

筱月是試探者，我知道很多人都說人性是不能試探的，這件事好像大家都知道，但在這個接近不信任的前提下，又希望人性是善良、光明、正向並具有信賴感，其實相當矛盾。

情人間不能試探，但這算不算一種逃避？朋友間不該試探，但會不會其實被誆騙著而看不到真面目？

但不知也是一種幸福，大家選擇在自己喜歡且感到舒適的環境就好啊，人生是自己過的，每一樣選擇都是在勾勒自己的人生喔！

最後，這兩年來與《皇冠雜誌》合作相當愉快，也謝謝提供了我一個長期專欄的機會，並還能出版成冊，期待未來還有新的合作機會，換寫寫其他類型的也行呢！哈！

最後感謝購買本書的您，購書才是對作者最實質且直接的支持，沒有您們的購書，作者便無法繼續書寫，萬分感謝、銘感五內！謝謝！

更願二〇二一台灣疫情快點過去，寰宇安寧。

——笭菁

小心！黑暗中，
那雙「眼睛」正盯著你！

今夏最驚嚇的作品！
華文靈異小說天后笭菁傾力打造全新恐怖短篇故事集！

如果有一天，每個人都能在眼球裡安裝「視鏡」，讓眼睛變成鏡頭，記錄一切所見所聞，那麼瀕死的你所看到的，會是什麼樣的光景？身為車禍現場的唯一目擊者，卻選擇閉上眼睛置身事外，從此身邊多了「一個人」的她；被推落火車正要進站的軌道，「那個人」的冷笑還映照在因恐懼而放大的瞳孔中的她；憑藉放大片、假睫毛和美顏濾鏡晉升美女網紅，卻因「真面目」曝光，而選擇拿刀割向動脈的她……她們所看見的，會是一樣的「東西」嗎？

國家圖書館出版品預行編目資料

苓菁闇語 2：厄鄰 / 苓菁 著 .-- 初版 .-- 臺北市：平裝本． 2021.10 面；公分（平裝本叢書；第 525 種）（苓菁闇語 02）

ISBN 978-986-06756-2-7（平裝）

863.57　110014461

平裝本叢書第 525 種

苓菁闇語 02

苓菁闇語 2

厄鄰

作　　者—苓菁
發 行 人—平雲
出版發行—平裝本出版有限公司
台北市敦化北路 120 巷 50 號
電話◎ 02-27168888
郵撥帳號◎ 18999606 號
皇冠出版社（香港）有限公司
香港銅鑼灣道 180 號百樂商業中心
19 字樓 1903 室
電話◎ 2529-1778　傳真◎ 2527-0904
總 編 輯—龔橞甄
責任編輯—張懿祥
美術設計—單宇
著作完成日期— 2021 年 6 月
初版一刷日期— 2021 年 10 月

法律顧問—王惠光律師

讀者服務傳真專線◎ 02-27150507
電腦編號◎ 577002
ISBN ◎ 978-986-06756-2-7
Printed in Taiwan
本書定價◎新台幣 280 元 / 港幣 93 元